Simon Dreyer

Verlorene Jahre

Simon Dreyer

Verlorene Jahre

Der Kampf eines Vaters um seine Tochter

Impressum

Bibliografische Information der Deutschen Nationalbibliothek: Die Deutsche Nationalbibliothek verzeichnet diese Publikation in der Deutschen Nationalbibliografie; detaillierte bibliografische Daten sind im Internet über http://dnb.dnb.de abrufbar.

Verlag: BoD · Books on Demand GmbH, Überseering 33, 22297 Hamburg, bod@bod.de

Druck: Libri Plureos GmbH, Friedensallee 273, 22763 Hamburg

ISBN: 978-3-8192-2967-1

Inhaltsverzeichnis

PROLOG

Es gibt diese Augenblicke, in denen die Welt sich vor einem auftut und man begreift: Wahrheit und Gerechtigkeit sind keine Selbstverständlichkeiten. Recht und Moral siegen nicht immer – manchmal werden sie niedergekämpft, erstickt von einem System, das sich gegen einen stellt.

Mein Name ist Simon, und dies ist die Geschichte meines verzweifelten Kampfes um meine Tochter. Ein Kampf, der mich bis an die äußerste Grenze meiner Kraft trieb – und darüber hinaus. Ein Kampf, der mir zeigte, wie zerbrechlich Beziehungen sein können, wie brutal und ungerecht das Leben zuschlägt, wenn man am wenigsten damit rechnet.

Es hat Jahre gedauert, diese Zeilen zu schreiben, immer wieder die Überwindung aufzubringen, neu anzufangen. Jedes Wort war ein Kampf, jede Erinnerung ein erneuertes Durchleben des Schmerzes. Doch ich musste es tun, um mir eine Möglichkeit zu schaffen, in Gänze zu erfassen, was passiert ist, und dies irgendwann vielleicht verarbeiten zu können.

Aber ich schrieb es nicht nur für mich – sondern in der Hoffnung, einen Impuls zu geben, dass sich solch ein systemisches Versagen nach Möglichkeit nicht wiederholt. Dass kein anderer Vater jemals durch denselben Albtraum gehen muss.

Was als Aufbruch begann, als Hoffnung auf ein selbstbestimmtes Leben, verwandelte sich in einen Strudel aus Manipulation, Gewalt und Kontrolle. Die Geburt meiner Tochter war ein Moment purer Freude – doch schon bald wurde klar, dass dieser Neuanfang auch neue Herausforderungen mit sich brachte. Probleme, die nicht zwischen mir und meiner Ex-Partnerin blieben, sondern bald von einem

System angeheizt wurden, das sich blind auf ihre Seite stellte.

Ich erinnere mich noch genau an die Zeit, als ich verstand: Ich kämpfte nicht mehr nur gegen ihre verblendeten und gefährlichen Attacken. Ich kämpfte inzwischen gegen eine ganze Maschinerie.

Sie hatte das System perfekt gegen mich eingesetzt. Lügen wurden zu Wahrheiten umgedeutet, Vorurteile geschürt. Ich, der bedingungslos liebende Vater, wurde zum Feind erklärt. Lehrerinnen, Erzieherinnen, selbst Ärzte und Therapeutinnen, die meine Sorgen bestätigten, wurden ignoriert. Ihre Worte verhallten ungehört – gegen die geschickte Täuschung der Mutter, die bequeme Gleichgültigkeit und die Vorurteile der Behörden.

Vor dem Familiengericht erwartete mich keine Gerechtigkeit, sondern ein undurchdringliches Dickicht aus Ignoranz und Absprachen. Mein eigener Anwalt sollte später hinter meinem Rücken agieren, traf Entscheidungen und Absprachen ohne mein Wissen. Ich wurde getäuscht, entmächtigt, an den Rand gedrängt und schließlich gänzlich ausgegrenzt.

Und während ich um das Wohlergehen und jedes bisschen Nähe zu meiner Tochter rang, wurde sie zur Schachfigur in einem perfiden Spiel.

Es gab dennoch Momente, in denen ich Hoffnung schöpfte. Meine Tochter liebte mich. Sie vertraute mir. In diesen seltenen, kostbaren Augenblicken, in denen wir allein waren, spürte sie, dass ich für sie da war. Doch diese Momente wurden immer seltener. Ihre Mutter sorgte dafür, dass der Abstand zwischen uns wuchs – und fand dabei Unterstützung an allen Ecken und Enden.

Am Ende wurde meine Tochter ins Ausland gebracht. Stück für Stück wurde sie mir widerrechtlich, doch systematisch entzogen. Meine Briefe wurden abgefangen, meine Anrufe blockiert. Die Mutter hatte gewonnen: Sie hatte mich aus dem Leben meiner Tochter gestrichen.

Doch ich gab nicht auf. Ich reichte Anträge ein, kontaktierte Behörden, schrieb Briefe – immer in dem Glauben, dass die Wahrheit irgendwann siegen würde. Selbst als ich nachweisen konnte, dass die Jugendamtsberichte fehlerhaft, die Vorwürfe gegen mich frei erfunden waren, selbst als der Gerichtsbeschluss eindeutig nachweislich falsch lag – niemand übernahm Verantwortung.

»Die Eltern müssen das unter sich regeln«, hieß es. Aber wie soll das gehen, wenn die andere Seite nur eines will: Verletzen und blind zerstören?

Jahre sind seitdem vergangen. Ich habe meine Tochter lange nicht gesehen. Lange nicht mit ihr gesprochen. Sie steckt fest in einem Netz aus Lügen, Manipulation und häuslicher Gewalt. Sie muss mich verleugnen, unsere gemeinsame Zeit aus ihrem Gedächtnis streichen.

Und ich? Ich kann nur noch hoffen. Hoffen, dass sie eines Tages erinnert, wer ich wirklich bin. Wer ich für sie war.

Die Narben dieses Kampfes trage ich bis heute. Die Gewalt, die Lügen, der Verlust – sie haben mich gezeichnet. Aber eines haben sie mir nicht genommen: Ich werde niemals aufhören, der Vater meiner Tochter zu sein.

Dies ist meine Geschichte. Eine Geschichte von Liebe, Schmerz – und der unzerstörbaren Hoffnung eines Vaters.

Und jetzt? Jetzt bleibt nur die Sorge um meine Tochter, die weiterhin mit all dem kämpfen muss, was ihr angetan wurde. Und die Hoffnung, dass die Zukunft eines Tages besser wird.

STURZFLUG

Der Frühsommer 2006 brachte eine Entscheidung, die mein Leben verändern sollte. Mit 25 Jahren beschloss ich, mir einen lange gehegten Traum zu erfüllen: eine Reise nach Südamerika ohne festes Rückkehrdatum. Bereits zweimal zuvor war ich in Lateinamerika gewesen, und die Faszination für diesen Kontinent ließ mich nicht los. Besonders Brasilien zog mich an – die Kultur, die Menschen, das pulsierende Lebensgefühl.

Ich informierte mich gründlich und knüpfte Kontakte, darunter auch zu einer Frau, die ich zunächst online kennenlernte. Zum Schutz ihrer Persönlichkeitsrechte nenne ich sie in dieser Biografie Sydney – selbstverständlich nicht ihr wirklicher Name.

Unsere Gespräche wurden schnell intensiv. Wir schrieben, telefonierten, und bald war klar: Sydney suchte einen festen Partner. Obwohl ich meine Pläne bereits gefasst hatte, bestärkte sie mich zusätzlich und versprach mir ihre volle Unterstützung und rief mich dazu auf, mit ihr gemeinsam in eine Wohngemeinschaft zu ziehen. Nach einiger Zeit stand der Entschluss fest: Ich würde nach Brasilien reisen, um herauszufinden, ob wir zusammenpassten.

Im Oktober 2006 landete ich in São Paulo. Die ersten Wochen waren geprägt von Abenteuer, Hoffnung und Harmonie. Ich lebte in besagter Wohngemeinschaft mit Sydney und anderen Mitbewohnern, mit denen ich mich schnell anfreundete. Wir verbrachten viel Zeit zusammen, unternahmen Ausflüge, trafen Freunde, gingen aus.

Bald verliebte ich mich, fühlte mich schnell heimisch und lernte eifrig die Sprache. Sydney allerdings war sprunghaft, änderte ständig ihre Meinung – damals noch etwas, das ich amüsant fand. Zumindest konnten wir damals noch ausführlich kommunizieren.

Sydney ist intelligent, zeigte sich wissbegierig, mit vielerlei Interessen, und präsentierte sich als idealistische, progressive Frau. Sie gab sich als künftige kommunistische Freiheitskämpferin aus und sprach leidenschaftlich über ihre Ansichten zu sozialen Themen wie der Gleichstellung von Geschlechtern, Ethnien und sozialen Klassen – Ansichten, von denen wir manche damals teilten und die ich zum Teil bis heute noch teile. Damals war ich überzeugt, sie könnte vielleicht die richtige Partnerin fürs Leben sein.

Ich begann, mich auf Aufnahmekurse verschiedener Universitäten vorzubereiten, suchte nach passenden Studiengängen und bewarb mich für Studentenjobs. Die Sprachbarriere machte es anfangs schwer, doch gab ich nicht auf. Dann kam – nach wenigen Wochen – die überraschende Nachricht: Sydney war schwanger. Ohne Umschweife verlangte sie, dass ich sie sofort heiratete. Überwältigt von den Gefühlen willigte ich zunächst ein – aber nur unter der Bedingung, dass wir zuerst eine gemeinsame Wohnung fanden und ich einen festen Arbeitsplatz fand, um unsere Familie versorgen zu können.

Wir zogen in ein kleines Zimmer neben ihrer Mutter und Schwester, die ich bis dahin nicht kannte. Sydney hatte sich zuvor stets abfällig über ihre Familie geäußert und behauptet, sie wolle keinen Kontakt. Doch plötzlich lebten wir in einem illegal besetzten Haus in Cracolândia, einem berüchtigten Drogenviertel in der Innenstadt. Die Zustände waren katastrophal: kein fließendes Wasser in unserem vierzehnten Stockwerk, gefährlich verlegte teilweise offene Stromkabel, Junkies auf den Gängen, Gewalt und Kriminalität auf der Straße.

Ich machte mich sofort auf die Suche nach Arbeit, um unsere Situation zu verbessern. Tag für Tag verließ ich früh das Haus, lief stundenlang durch die Stadt und Vororte, hinterließ meinen Lebenslauf an unzähligen Rezeptionen und sprach

persönlich mit Geschäftsinhabern und Abteilungs-
leitern. Die ersten Wochen brachten nur Enttäuschungen.

Dann, an einem Abend nach einem besonders an-
strengenden Tag, ich schlief ermattet früh ein – und
wurde jäh geweckt. Mein Körper schmerzte, ich
wusste nicht, was geschah. Als ich die Augen auf-
riss, stand Sydney breitbeinig über mir, schrie mich
an und schlug mit einem Besen wild auf mich ein –
vor allem auf meinen Kopf.

Sie beschuldigte mich, sie betrogen zu haben, sie
alleinzulassen, Unsinn, der nichts mit der Realität
zu tun hatte. Blut strömte aus einer Platzwunde an
meinem Schädel, mein Körper war übersät mit
blauen Flecken und Striemen. Ich hatte keine Wahl,
als sie festzuhalten, während sie weiter tobte. Blut
lief mir über das Gesicht, mir wurde schwarz vor
Augen, fast wäre ich ohnmächtig geworden. Erst
nach langen Minuten brach sie zusammen, schluchzend, mit verdrehten Augen und Schaum vor dem
Mund.

Als ich Hilfe holen wollte, war sie plötzlich wieder bei Sinnen und hielt mich auf. Sie entschuldigte sich unzählige Male und versprach, so etwas würde nie wieder passieren. Es war Dezember 2006, Vorweihnachtszeit, Sydney war schwanger. Ich beschloss, den Vorfall zu vergessen – und niemandem davon zu erzählen.

Doch sollte es nicht bei einem Einzelfall bleiben. Die Gewalt wurde zur Regel. Sydneys Verhalten wurde immer unberechenbarer, ihre Stimmungsschwankungen extremer. Entweder schlief sie unruhig und rief im Schlaf nach ihrem Vater – den ich damals noch nicht kannte – oft »Nein, Vater, nein!«, oder sie hielt mich die ganze Nacht wach, beschimpfte mich und stellte unrealistische Forderungen.

Doch nicht nur sie selbst setzte mich unter Druck. Auch ihre Familie, insbesondere ihre Mutter – hier Rozy genannt – unterstützt durch Sydneys Schwester, hier Márcia genannt, machte mir das Leben zur Hölle. Sie drohten mir mit Abschiebung, ich würde mein Kind nie wieder sehen, man würde mich einsperren. Absurditäten, die sie offenbar ernst meinten.

Sydney erzählte mir regelmäßig von angeblichen Verehrern, betonte, wie attraktiv sie als Schwangere sei, und setzte mich weiter unter Druck, sie zu heiraten. Gleichzeitig schlug sie immer häufiger auf mich ein – mit Besen, Stühlen, allem, was ihr in die Hände kam. Mehr als einmal fürchtete ich bereits damals, ernsthaft verletzt zu werden.

Dazu kamen ihre kruden Vorwürfe: Deutsche seien kalt, egoistisch, allesamt Nazis – das wisse ja jeder. Sie inszenierte fingierte Telefonate mit einem angeblichen jüdischen Exfreund, der ihr angeblich die »Wahrheit« über Deutsche erzählte – alles in Anwesenheit ihrer aggressiven Mutter. Ich ignorierte diese Spiele meist oder konterte mit Sarkasmus, was sie nur noch wütender machte.

Trotz der Umstände fand ich nach einigen Wochen einen Job. Zunächst unterrichtete ich an einer privaten Sprachschule, ab Februar 2007 arbeitete ich dann als kaufmännischer Angestellter – erst als technischer Einkäufer, später als Leiter der Einkaufsabteilung und Kundenberater. Mit meinem ersten Gehalt mieteten wir ein größeres Haus in einem ruhigeren Außenbezirk der riesigen Stadt, weshalb ich noch länger zur Arbeit pendeln musste.

Doch die Gewalt hörte nicht auf. Nach einem besonders brutalen Angriff – körperlich wie verbal – hielt ich es nicht mehr aus. Ich bat einen kanadischen Kollegen, hier Alex genannt, um Hilfe. Schnell packte ich ein paar Sachen, um erst mal bei ihm unterzukommen – er hatte eine Zweitwohnung nahe seiner Arbeitsstelle in der Innenstadt – bis sich Sydney beruhigte. Ich wollte Zeit gewinnen, um anschließend gemeinsam mit Sydney eine Lösung zu finden.

Schon damals fehlte mir jedes Verständnis für ihre Attacken, mein Vertrauen in sie war nachhaltig getrübt. Ich bat sie mehrfach, sich psychologische Hilfe zu suchen – schließlich hatte ich früh eine Krankenversicherung für sie abgeschlossen. Auch die Ärzte warnten sie: Ihre Wutanfälle gefährdeten die Schwangerschaft.

Doch als Alex und ich mit meinen Sachen das Haus verließen, tauchte Sydney plötzlich auf – sie musste Wind davon bekommen haben, dass ich Besuch hatte. Innerhalb von Sekunden kippte ihre Stimmung. Ohne Vorwarnung attackierte sie uns auf offener Straße, riss mir das Hemd vom Leib, schlug und trat auf mich ein. Glücklicherweise kam zufällig die Polizei vorbei.

Es war unser erster gemeinsamer Besuch auf der Wache. Der diensthabende vorgesetzte Beamte durchschaute schnell ihre haltlosen Anschuldigungen. Er ordnete an, dass Sydney ins Krankenhaus gebracht werden sollte, um Beruhigungsmittel zu erhalten, und forderte sie auf, psychologische Hilfe in Anspruch zu nehmen.

Doch wartete sie nicht im Krankenhaus. Kaum waren wir wieder draußen, tauchten ihre Mutter und Schwester auf. Rozy beleidigte uns aufs Übelste, beschuldigte Alex und mich, homosexuell zu sein – mit abstrusen Unterstellungen und kruden Beschreibungen von Sexualpraktiken, die ich nie zuvor gehört hatte. Alex, zurecht schockiert, verschwand. Mir allerdings blieb keine Wahl – ich musste mit Sydney zurück nach Hause.

Dort erwartete mich ein Albtraum. Kaum dort angekommen, versuchte Rozy, mich mit einem Bügeleisen am Kopf zu treffen – nur Márcia hinderte sie daran. Sydney stand bloß untätig daneben, mit kalten, hasserfüllten Augen.

Ich blieb in den folgenden Wochen bei Sydney, doch jeder Rest von Respekt war verschwunden. Sie behandelte mich wie einen Leibeigenen. Ich arbeitete, führte den Haushalt allein, kümmerte mich um alles – und wurde dennoch ständig als geizig und undankbar beschimpft.

Trotzdem hielt ich durch – klammerte mich an die Hoffnung, dass sich Sydney nach der Geburt unseres Kindes wieder fangen würde. Meine Familie, mit der ich regelmäßig per Mail und Telefon in Kontakt stand, teilte diese Hoffnung und bestärkte mich darin. Doch die Situation eskalierte weiter. Bei ihren Wutanfällen gefährdete Sydney nicht nur sich selbst, sondern auch das ungeborene Kind. Mir blieb nichts anderes übrig, als auszuziehen – im Interesse aller, auch wenn sie mir unterstellte, ich sei ein drogen- und sexsüchtiger und wolle sie nur wegen »perverser Gelüste« verlassen.

Verzweifelt bat ich sie erneut darum eine Therapie in Erwägung zu ziehen, sich dahingehend beraten zu lassen – ich würde sie unterstützen, begleiten, alles tun. Doch sie lehnte ab, fühlte sich gekränkt, gar beleidigt. Stattdessen setzte sie ihren Terror fort: Sie schlug mich, versuchte mich vorsätzlich ernsthaft zu verletzen, zerstörte meine Sachen – gezielt Erinnerungsstücke, von denen sie wusste, wie viel sie mir bedeuteten. Immer wieder provozierte sie mich, wollte mich zum Zurückschlagen bringen. Ich tat es nicht.

An meinem Arbeitsplatz wussten bald alle Bescheid. Ich kam regelmäßig mit frischen Verletzungen zur Arbeit, litt unter Schlafentzug. Nach einem ernsten Gespräch mit meinem Chef bot dieser mir eine Firmenwohnung nahe des Büros in der Innenstadt, was ich dankbar annahm.

Doch mein Chef nutzte die Situation aus. Ich arbeitete unzählige Überstunden – früh morgens, abends, an Wochenenden, unbezahlt. Trotzdem sah ich Sydney regelmäßig, sie blieb nun bei ihrer Mutter und Schwester, ich unterstützte sie weiter, bezahlte ihre Krankenversicherung, gab ihr Geld – das sie offenbar auch an ihre Familie weitergab.

Rozy und Márcia verbrachten ihre Tage zuallermeist im Bett vorm Ventilator und TV und schwafelten völlig realitätsfernen, zum Teil gefährlich vorurteilsgeprägten und rassistischen Unsinn und klagten über ihr angeblich ungerechtes Elend, wenn sie sich nicht direkt – wie so oft – ungefragt in die Leben anderer einmischten.

Währenddessen drehte sich die Spirale aus Gewalt und Kontrolle unaufhaltsam weiter. Und ich? Ich versuchte nur noch, durchzuhalten – für das Kind, das bald kommen würde.

GEBURT

An einem Freitag Ende August 2007 rief Sydney mich an – sie war im Freibad Pacaembu, und ihre Fruchtblase war geplatzt. Sie sagte mir, sie würde in das Krankenhaus fahren, das wir nach meinen Recherchen gemeinsam ausgewählt hatten. Zur Klarstellung: Es war Sydneys ausdrücklicher Wunsch gewesen, dass ich allein die Verantwortung für diese Angelegenheiten trug. Partizipation war für sie längst kein Ideal mehr, sondern nur noch eine lästige Pflicht.

Ich raste sofort mit dem Taxi quer durch die Stadt ins Krankenhaus, wo ich stundenlang wartete, ohne jemanden telefonisch zu erreichen oder einen Anruf zu erhalten. Mit jeder Minute wuchsen meine Sorgen, somit meine Nervosität, und die schlimmsten Szenarien spukten mir durch den Kopf.

Erst nach gefühlter Ewigkeit tauchte Sydney auf – unerwartet, als ich schon fast die Hoffnung aufgegeben hatte. Sie erklärte mir, sie sei erst zu ihrer Familie gefahren, um sich umzuziehen, zu schminken und die Haare zu machen – ein Ritual, das Sydney bekanntermaßen Stunden in Anspruch nahm.

Die Wehen kamen häufiger, und als wir schließlich aufgerufen wurden, wurde sie sofort in den Kreißsaal geleitet. Doch die Geburt zog sich hin, Stunde um Stunde, bis endlich, in den Morgenstunden, unsere Tochter das Licht der Welt erblickte. Im Hospital Beneficiência Portuguesa war es Vätern nicht erlaubt, bei der Geburt dabei zu sein, also sah ich meine Tochter erst, als eine Hebamme sie mir vorstellte und ich sie für kostbare Minuten halten und kennenlernen konnte – der bis heute mit Abstand schönste Moment meines Lebens.

Während Sydney noch im Kreißsaal versorgt wurde, hatte ich Zeit, die ersten Fotos unserer Tochter zu machen und hinter einer Glasscheibe zu beobachten, wie sie gewaschen, gewickelt und gewogen wurde. Die Schwestern flochten ihr sogar ein Schleifchen ins Haar, da sie bereits einen kleinen Pony hatte. Später erfuhr ich, dass Sydney eingeschlafen war, die Geburt hatte sie sehr aufgeregt. Sie hatte den anwesenden Arzt sogar in den Arm gebissen. Ich besorgte ihr Pralinen, und erst Stunden später, als die Morgensonne bereits hell vom blauen Himmel schien, konnte ich sie endlich mit unserer Tochter besuchen. Sie wirkte erschöpft und empörte sich darüber, dass es eine natürliche Geburt gewesen war – sie hatte sich eigentlich einen Kaiserschnitt gewünscht.

Sydney war fest davon überzeugt gewesen, dass wir einen Sohn bekommen würden. Daher hatte sie entschieden, dass ich einen Mädchennamen aussuchen durfte, während sie sich die Wahl eines Jungennamens vorbehielt – eine Information, die sie großzügig an alle weitergab, ob gefragt oder nicht. Natürlich hatte ich kein Mitspracherecht, und der von ihr gewählte Jungenname gefiel mir überhaupt nicht. Doch da wir eine Tochter bekamen, trug sie schließlich den Namen, den ich für sie ausgesucht hatte und der glücklicherweise auch ihrer Mutter gefiel.

Wie in diesem Krankenhaus üblich, blieb Sydney mit unserer Tochter drei Tage dort stationär untergebracht, wo sie einen Mutterschafts-Crashkurs absolvierte. Ich nahm mir für die folgende Woche Urlaub und verbrachte so viel Zeit wie möglich mit den beiden. Das Krankenhaus verließ ich allerdings immer dann, wenn Rozy auftauchte – eine Frau, die nicht nur mich, sondern auch ihre eigene Tochter in dieser Situation unter Druck setzte. Lautstark erklärte sie Sydney, sie müsse sich endlich einen »richtigen« Mann suchen, einen mit Geld, und führte eine ganze Liste weiterer Forderungen an. Es war eine durchsichtige Provokation, doch ich ignorierte sie einfach, was offenbar beide erboste machte. Sollte Sydney sich doch tatsächlich einen anderen Mann suchen – ich würde ihr alles Gute wünschen. Mein einziges Ziel war es, bestmöglich für mein Kind zu sorgen.

Wir beschlossen, wieder gemeinsam in unsere alte Wohnung zu ziehen, für die ich weiterhin die Miete bezahlt hatte, obwohl ich in der Dienstwohnung gelebt hatte. Nun waren wir zu dritt. Ich hoffte inständig, dass die Geburt unserer Tochter eine harmonischere Beziehung möglich machen würde – und vor allem, dass meine Tochter nicht bei Sydneys Familie aufwachsen musste. Zunächst schien es tatsächlich etwas besser zu werden – zumindest für kurze Zeit. Allerdings musste ich beruflich weiterhin viel reisen, manchmal für Tage oder Wochen. Mein Chef ließ sich nicht davon überzeugen, mich von Auslandseinsätzen freizustellen – nachvollziehbar, genau dafür hatte er mich schließlich eingestellt.

Die ersten Wochen mit meiner Tochter war ich erfüllt von Hoffnung, doch die Freude währte nicht lange. Schon bald kehrte die Gewalt zurück – schlimmer als zuvor. Innerhalb weniger Wochen wurde Sydney wieder aggressiver und gewalttätig, attackierte mich mit Faustschlägen, schlug mit dem Besen oder anderen Gegenständen auf mich ein. Ich verstand nicht, warum das alles passierte, und war zunehmend entsetzt. Ich sah keinen Ausweg.

Noch schlimmer: Oft griff sie mich an, während ich unsere Tochter im Arm hielt oder wickelte. Ich versuchte, Auszeiten zu vereinbaren, doch für Sydney kam das nicht infrage. Diese Attacken kamen völlig unvorhersehbar, ohne erkennbaren Auslöser geschweige denn rationale Gründe.

Hin und wieder traf ich Alex in der Stadt, den Einzigen, mit dem ich über meine Probleme sprechen konnte. Doch jedes Mal riskierte ich damit noch weiteren Zorn von Sydney auf mich zu ziehen – sie hasste es, wenn ich nicht vollständig unter ihrer Kontrolle stand. Also blieb mir, zumindest vorerst, nur eine Option: Ich musste tun, was sie verlangte, um ihre Wutausbrüche zu vermindern. Sydney hingegen rückte nie von ihren Maximalforderungen ab – eine Haltung, die sich bis heute nicht geändert hat.

Meiner Familie erklärte ich damals – für meine Eltern vorgebliche unverständlich – dass nicht immer zwei Menschen nötig sind, um Streit auszulösen. Plattitüden, die sie mir entgegenschleuderten, obwohl sie selbst stets andere für ihre eigenen Konflikte verantwortlich machten.

Mein Arbeitgeber verlagerte aus Expansionsgründen das Büro in einen größeren Komplex in einem Industriegebiet am Rande von Arujá, einem Vorort mit direkter Anbindung an die Stadt und die beiden Flughäfen über die Dutra-Autobahn. Ich nutzte die Gelegenheit und mietete – nach Rücksprache mit Sydney – im November ein Haus dort. Noch bevor die Firma vollständig umzog, musste ich einige Wochen stundenlang mit Bussen pendeln. Das war es mir wert. Es handelte sich um ein schönes Häuschen mit überdachter Veranda, Garten und zwei Palmen. Dort hoffte ich auf mehr Lebensqualität, weniger Einfluss von Sydneys Familie und einen Neuanfang. Vielleicht unsere letzte Chance, so dachte ich.

Bei Sydneys Mutter und Schwester hatte deren Mutter versucht, unsere Tochter mit abgelaufenen Tabletten aus Omas Schublade ruhigzustellen. Sie wurde unter anderem mit Coca-Cola und vollkommen ungesundem Knabberzeug gefüttert, auch von Sydney. Und sie wurde mit der flachen Hand gemaßregelt, wenn sie schrie, anstatt Zuneigung zu erfahren – noch als Baby. Was sonst noch im Verborgenen geschah, wollte ich mir lieber nicht ausmalen.

Um das weitestgehend zu unterbinden, nahm ich weiterhin meine Ängste in Kauf und wohnte ohne nennenswerte Lebensqualität mit dieser Frau, obwohl mir viele rieten, Sydney mit oder ohne unserer Tochter zu verlassen. Sogar Anwälte wurden mir empfohlen. Doch das widersprach meinen Idealen. Heute wünsche ich mir, ich hätte anders gehandelt. Ich hätte meiner Tochter viel von dem erspart, was noch folgen sollte.

ZERREISSPROBE

Tatsächlich lebten wir eine Weile verhältnismäßig harmonisch zusammen in der neuen Wohnung, von einigen kleinen Ausnahmen abgesehen. Sydney schien das Landleben zunächst sogar zu genießen, das ihr bis dahin fremd gewesen war.

Während der Vorweihnachtszeit 2007 besuchte uns mein Vater, der sich kurzfristig angekündigt hatte. Ich bemühte mich, ihm schöne Tage zu ermöglichen und die häuslichen Dramen weitestgehend zu verbergen. Wir unternahmen einige Ausflüge – in die Stadt, an den Strand, gingen essen, grillten und kochten. Es tat gut, ein paar Tage ohne Gewalt auszukommen und meine Tochter vergnügt zu sehen. Doch Sydney nutzte die Situation schamlos aus, versuchte meinen Vater geschickt zu manipulieren, und behauptete mir gegenüber schließlich sogar, er habe sich vor ihr entblößt – eine bizarre Mischung aus ihrer manipulativen Art und gestörter Fantasie.

Trotzdem funktionierte ich weiter, machte gute Miene zum bösen Spiel. Beruflich war ich zwischen Ende 2007 und Mitte 2008 weiterhin gelegentlich unterwegs – in Europa, Asien und den USA – jedes Mal mit einem unbeschreiblich schlechten Gefühl und großer Sorge um meine Tochter. Doch ich sorgte stets für einen vollen Kühlschrank, ließ Sydney mehr als genug Bargeld zurück und rief so oft an wie möglich, um mich nach meiner Tochter zu erkundigen, brachte Geschenke mit.

Es ging uns finanziell langsam besser, nachdem ich einige solide und lukrative Geschäftsabschlüsse ermöglicht hatte. Mein Chef hatte mitbekommen, dass sich Geschäftspartner und Konkurrenten nach mir erkundigten, und mein Gehalt stieg auf ein akzeptableres Niveau. Sydney gewöhnte sich schnell an diesen neuen Komfort – vielleicht zu schnell. Für sie schien es nie genug zu sein, doch ich machte ihr keinen Vorwurf. Sie hatte nie gelernt, Maß zu halten oder Genügsamkeit zu üben, und ich gönnte ihr von Herzen, sich endlich etwas mehr leisten zu können. Doch bald übertrieb sie es. Ihr Verhalten änderte sich weiter zu ihrem Nachteil, und sie entwickelte sich zu einer unangenehmen und unverschämten Diva, die Angestellte in Restaurants oder Verkäufer in Geschäften von oben herab behandelte, als stünde ihr alles zu.

Trotzdem versuchte ich, unserem Leben Struktur und Harmonie zu geben. Auf meine Initiative hin unternahmen wir Ausflüge ins Grüne oder an den Strand, gingen gelegentlich essen oder grillten im Garten. Jeden Tag kämpfte ich im Rahmen meiner begrenzten Möglichkeiten darum, unserer Tochter ein Gefühl von Normalität zu geben – stabile Routinen, kleine Freuden, Momente, die sich wie ein sicheres Zuhause anfühlen sollten. Ich gab alles, was ich konnte, auch wenn ich zumeist das Gefühl hatte, gegen eine unsichtbare Strömung anzukämpfen.

Sydney nahm in dieser Zeit überraschenderweise Kontakt zu ihrem Vater auf – obwohl sie stets behauptet hatte, durch den Einfluss ihrer Mutter einen tiefen Hass auf ihn entwickelt zu haben, seit er die Familie verlassen hatte, als sie noch klein war. Bis heute scheint sie nicht wirklich verstanden zu haben, was zwischen ihren Eltern vorgefallen war, auch wenn diese ungeklärte Vergangenheit ihr Verhalten weiterhin prägt.

Der Besuch begann zunächst positiv. Ihr Vater kam vorbei, wir stellten uns gegenseitig vor, und er unterhielt sich sehr angenehm und angeregt mit seiner Tochter. Sichtlich gerührt und glücklich konnte er sein jüngstes Enkelkind sehen, hören und sogar kurz halten. Doch dann, eindeutig von Sydney orchestriert, erschien Großmutter Rozy wie aus dem Nichts – eine aufgebrachte, aggressive Präsenz, welche die Stimmung umgehend vergiftete.

Die Reaktion ihres Vaters war erschreckend schnell: Er verfiel in blanke Panik und verschwand fast augenblicklich, als wäre er nie da gewesen. Kaum war er fort, brachen Sydney und Rozy in eine Flut gehässiger, spöttischer Bemerkungen aus – abwertend, unsäglich verletzend und weit unter jeder akzeptablen Grenze. Was als freundliches Familientreffen begann, endete in einer Atmosphäre vergifteter Bitterkeit.

Der Frühling 2008 brachte neue Spannungen in unsere Beziehung. Nach einigen Geschäftsreisen war ich trotz meiner anspruchsvollen Arbeit wieder häufiger zu Hause – doch statt der erhofften Ruhe begann Sydney umgehend, mich mit Nachdruck zur sofortigen Hochzeit zu drängen. Eine Forderung, die unter diesen gespannten Umständen völlig undenkbar war.

Jedes Mal, wenn ich um Zeit bat – sei es um die Dinge zu überdenken oder um in unserer Beziehung und finanziell stabiler zu werden – reagierte Sydney mit wachsender Aggressivität. Ihre verbalen Angriffe wurden häufiger, brutaler, unbere-chenbarer. Doch was mich wirklich erschaudern ließ, war ihr Umgang mit unserer Tochter.

Ich wurde Zeuge, wie sie unsere kleine Tochter anbrüllte, sie rücksichtslos durchschüttelte. Ihre Hand traf das kleine Mädchen mal mit einem schnellen Klaps, mal mit voller Wucht. »Kümmer dich um deine Tochter!«, fauchte sie mich an, wäh-rend sie mir das weinende Kind grob in die Arme warf.

Mit eisiger Überzeugung erklärte sie mir: »Kin-der zu schlagen ist völlig normal, wenn es ›nötig‹ ist.« Ob mit der flachen Hand oder ihren Gum-mischlappen – sie würde unsere Tochter schlagen, wann immer sie es für richtig hielt. »So wurde ich erzogen«, beteuerte sie, »und es hat mir nicht ge-schadet.« Diese Überzeugung, fürchte ich, trägt sie bis heute in sich.

Die Gewalt gegen mich eskalierte dramatisch. Sydney beschränkte sich nicht länger auf Faust-schläge, Tritte oder Angriffe mit Gegenständen wie

Besen, Stühlen oder Geschirr. Sie griff mich nun sogar mit dem Küchenmesser an, versuchte mir gezielt ins Gesicht und den Oberkörper zu stechen, wenn wieder einmal der völlige Kontrollverlust eintrat. Mit kalter Entschlossenheit führte sie die Klinge, während ich verzweifelt versuchte, die Angriffe abzuwehren – was mir nur teilweise gelang, wie die Schnitte in meinen Armen bewiesen.

Als sie mich erstmals mit einem Messer attackierte, wehrte ich mich reflexartig mit einer Ohrfeige. Es war der einzige Moment, in dem ich Sydney jemals zurückschlug, und ihre verdutzte Reaktion verriet großes Erstaunen. Bisher hatte ich mich stets darauf beschränkt, sie bei ihren Ausbrüchen festzuhalten. Sie verwehrte mir stets die Fluchtmöglichkeit, blockierte die Tür und überschüttete mich dabei lautstark mit wüsten Beleidigungen, absurden Anschuldigungen und abstrusen Vorwürfen, sodass die gesamte Nachbarschaft Zeuge wurde.

Am beunruhigendsten war ihre offenbar echte Verblüffung darüber, dass ich mich wehrte – dass ich mich nicht einfach mit dem Messer ins Gesicht stechen ließ. Zum ersten Mal seit langem blitzte so etwas wie Respekt auf, was mich erschaudern ließ. Mehrere ihrer Attacken hatten mir bereits ernste Verletzungen, insbesondere an Kopf, Oberkörper und Armen zugefügt. Bis heute begreife ich nicht, was in diesen Momenten in ihrem Kopf vorging. Doch eines steht fest: Diese Frau ist gefährlich, und ich konnte unsere Tochter niemals mit ruhigem Gewissen allein bei ihr lassen.

Die Art und Weise, wie Sydney nach ihren gewalttätigen Ausbrüchen verfuhr, verstörte mich zutiefst. Immer wieder nötigte sie mich nach ihren Wutanfällen und anschließenden Entschuldigungsbeteuerungen zum Geschlechtsverkehr – offenbar in dem verzweifelten Versuch, sich selbst einzureden, alles sei wieder in Ordnung zwischen uns.

Ich wehrte mich oft dagegen, versuchte auszuweichen, schlief wenn möglich auf dem Sofa. Doch sie ließ nicht locker, quälte mich stundenlang, bis ich vor Erschöpfung nachgab. Im schlimmsten Fall eskalierte die Situation erneut in Gewalt – und das während unsere Tochter friedlich in ihrem Kinderbettchen direkt neben unserem Bett schlief. Jedes Mal fühlte ich mich danach zutiefst elend und ekelerfüllt.

Was mich zusätzlich verstörte: Während des Geschlechtsverkehrs forderte sie mich mit geradezu besessener Hartnäckigkeit auf, sie zu schlagen. »Schlag mich, schlag mich, schlag mich...« – diese Worte wiederholte sie wie in Trance, bis sie mir in den Ohren dröhnten. Es war ein beklemmendes Ritual, das mich jedes Mal aufs Neue erschaudern ließ.

Meine Entscheidung, aus Kostengründen nur für Sydney und unsere Tochter eine Krankenversicherung abzuschließen, wohingegen ich selbst jedoch unversichert blieb, sollte mich bald teuer zu stehen kommen. Bei einer ihrer grundlosen Attacken durchbohrte die völlig unberechenbare Sydney mir plötzlich und ohne Vorwarnung mit einer Haarnadel den linken Oberarm – der Stich ging bis zum Knochen.

Mit der blutenden Wunde machte ich mich auf den langen und beschwerlichen Fußmarsch zu einer heruntergekommenen, völlig überlasteten öffentlichen Einrichtung am Rande von Arujá. Stundenlang ertrug ich unter heftigen Schmerzen die qualvolle Wartezeit, bis man mich notdürftig versorgte. Währenddessen hatte ich unentwegt Sydneys störendes Geschwätz im Ohr, die nun versuchte, die Angelegenheit herunterzuspielen, mit dem Hauptargument, ich sei ja kein richtiger Mann, ohne sie käme ich nicht weit – was so lächerlich war, dass ich trotz allem traurig lachen musste, was sie wieder zur Weißglut trieb.

Die Verletzung war so schwer, dass ich meinen Arm mehr als zwei Wochen lang nicht richtig benutzen konnte. Dazu kamen Sydneys wirre Kontrollanrufe bei meinem Arbeitsplatz, die das Sekretariat in Aufruhr brachten – was in Brasilien noch weniger geduldet wird als in Europa und meine ohnehin peinliche Situation im Büro verschärfte. Vermutlich beabsichtigte sie damit, dass ich mich nirgends wohl und sicher vor ihr fühlen konnte – und sie hatte natürlich Erfolg damit.

Die Last aller Verantwortung lag weiterhin allein auf meinen Schultern. Selbst das Wickeln unserer Tochter war Sydney eine unerträgliche Bürde – sie tat es nur widerwillig, wenn ich nicht da war. Oft fand ich meine Tochter bei meiner Rückkehr völlig verkrustet oder durchnässt vor, die während dieser Zeit allergischen Ausschlag entwickelte, wie Ärzte bestätigten. Kommentare dazu wurden nicht geduldet. Ich sollte es einfach erledigen, schweigen und mich zusätzlich um Essen, Abwasch, Hausputz und alles Weitere kümmern.

Ich bat sie erneut, sich Hilfe zu suchen – um ihre depressiven Episoden, ihre heftigen Kontrollverluste in den Griff zu bekommen, vielleicht bei einem Psychologen. Doch wie immer löste das nur weitere Attacken aus. Die Wut in ihr war unvorstellbar, ein Hass, wie ich ihn bislang bei keinem anderen Menschen je erlebt habe. Die Gründe dafür mögen teilweise verständlich sein, und es tut mir bis heute leid, was ihr möglicherweise alles widerfahren ist. Doch nichts davon rechtfertigt, was sie tat und später noch unserer Tochter antun würde.

Das Schlimmste war, dass sie ihre Aggressionen vor den Augen unserer kleinen Tochter an mir ausließ. Und weiterhin schlug sie auf mich ein, selbst wenn ich das Kleinkind auf dem Arm hielt. Wenn sie mein Diensthandy auf den Boden warf und zertrat – was ich später aus unserer knappen Kasse ersetzen musste – wenn sie Spiegel, Geschirr oder sogar meinen Laptop zerschmetterte, nahm sie in Kauf, dass die Splitter unsere Tochter treffen könnten. Unsere Tochter war ohnehin schon völlig durcheinander und gestresst. Noch heute zerreißt es mir das Herz, wenn ich an ihre verstörten Blicke in diesen Momenten denke.

Anfang März 2008 stand die Polizei vor unserer Tür. In dieser Zeit versuchte ich ab und zu, nach der Arbeit rauszukommen, manchmal traf ich mich am Wochenende mit Alex und anderen Bekannten in der Innenstadt. Sydney warf mir wie gewohnt ständig vor, ich würde sie betrügen – tatsächlich brauchte ich einfach nur Luft zum Atmen, eine Pause von ihrem Kontrollwahn, ihren Aggressionen. Ich war körperlich und mental am Ende, schlief kaum noch. Es war wie systematische Folter.

An diesem Abend attackierte sie mich erneut, schlug auf mich ein und rief dann die Polizei. Ich versuchte nur, meine Tochter zu schützen. Den Beamten erzählte Sydney, ich sei ein Betrüger, Fremdgänger, Sittenstrolch und würde sie ständig allein lassen. Doch die Polizisten durchschauten schnell, dass sie nicht ganz bei Sinnen war – kaum in der Verfassung, ein Kind zu betreuen. Draußen versuchten sie, sie zu beruhigen, während ich drinnen mit unserer Tochter auf dem Arm stand. Ein Beamter redete mir gut zu: »Alles wird wieder gut.« Ich konnte nur müde lächeln.

Als Sydney merkte, dass ihr niemand glaubte, steigerte sie sich in immer absurdere Anschuldigungen hinein. Plötzlich behauptete sie, ich hätte unsere Tochter vergewaltigt – kreischend behauptete sie gar, ich treibe es mit Tieren. Die Polizisten zogen entnervt ab, als sie einsahen, dass mit ihr kein vernünftiges Gespräch möglich war. Ich blieb zurück, ratlos, mit dieser tickenden Zeitbombe unter einem Dach. Vor allem hatte ich Angst um meine Tochter. Wie sollte das weitergehen?

Am darauffolgenden Wochenende nutzte ich die Gelegenheit, als sich Sydney vorübergehend zurückgezogen hatte – weniger aus Scham (ein Gefühl, das ihr völlig fremd zu sein schien) als vielmehr aus frustrierter Wut über ihre eigene gescheiterte Kontrolle. Am Samstag unternahm ich mit meiner Tochter einen Ausflug nach Mogi das Cruzes, am Sonntag folgte eine Busfahrt zum Strand von Bertioga. Diese kurze Atempause wollte ich nutzen, um meinem Kind endlich einmal unbeschwerte Momente zu schenken und ihr schöne

Orte zu zeigen, was sonst aufgrund der Situation mit ihrer Mutter viel zu kurz kam.

Der Unterschied war sofort spürbar. Meine Tochter strahlte, lachte, war ungewöhnlich anhänglich – ein völlig anderes Kind als in der ständig angespannten Atmosphäre zu Hause. Ohne die drückende Anwesenheit ihrer Mutter, ohne diese bleierne Spannung, die sonst jeden Raum erfüllte, konnten wir beide einfach nur sein, ein wenig Abstand gewinnen, unsere gemeinsame Zeit genießen. Jedes Lachen, jeder unbeschwerte Moment tat uns unendlich gut, gleichzeitig schmerzte es mich umso mehr, weil ich wusste, ich konnte ich ihr dieses normale, glückliche Leben nicht auf Dauer ermöglichen. Die Kluft zwischen diesen kostbaren Stunden und unserem Alltag mit Sydney konnte kaum größer sein.

Einige Tage später versuchte ich noch einmal, mit Sydney zu reden – sachlich, rational. Doch sie wurde sofort wieder aggressiv. Erneut war ich gezwungen das Haus zu verlassen, um Schlimmeres zu verhindern. Sie war völlig aufgeladen und unberechenbar, und ich konnte vor Sorge kaum schlafen. Körperlich war ich völlig am Ende: Kopfschmerzen, Bauchkrämpfe, Rückenschmerzen – mein Blutdruck explodierte, mein Puls raste immerfort – alles stressbedingt.

Vier Wochen später zog ich wieder ein. Sydney hatte sich entschuldigt, versprach, sich zu ändern, nie wieder gewalttätig zu werden. Ich glaubte ihr kein Wort – aber ich wollte unbedingt wieder mehr Zeit mit meiner Tochter verbringen und sie beschützen so gut ich konnte. Sie war der einzige Grund, weshalb ich zurückkehrte.

ZERMÜRBUNG

Einige Monate lebten wir also erneut zusammen. In dieser Zeit schickte meine Familie mir alte CD-ROMs mit Fotos und Daten. Sydney, die sich als Miteigentümerin meiner Sachen betrachtete, durchsuchte die Datenträger heimlich in meiner Abwesenheit. Als ich von der Arbeit heimkam, erwartete sie mich bereits mit dem Besen in der Hand – sie hatte Fotos meiner Ex gefunden. Natürlich hatte sie wie besessen alles akribisch durchsucht, wie es ihrer neurotischen Art entspricht.

Wieder einmal war etwas in ihr ausgelöst worden. Sie behauptete (oder glaubte tatsächlich), ich hätte noch eine Beziehung zu dieser Frau – die tausende Kilometer entfernt lebte und mit der ich seit Jahren keinen Kontakt hatte.

Abgesehen von meiner Sorge um unsere Tochter, die alles miterleben musste und als Druckmittel benutzt wurde – Sydney drohte ständig, mir den Kontakt ganz zu entziehen und sie öfter zu schlagen – machte ich mir zunehmend Sorgen um Sydneys Geisteszustand. Es war ganz offensichtlich: Sie log nicht nur, sie lebte in einer selbst erschaffenen Realität. Lügen und Erpressung waren für sie legitime Mittel – der Zweck heiligte die Mittel. Und immer häufiger schien sie ihre eigenen Lügen zu glauben.

Ich sah mich gezwungen, erneut eine Auszeit zu nehmen, schlief aber weiter auf dem Sofa. Solange ich im Haus blieb, griff sie mich nicht direkt an – sie nahm meine Distanz nicht ernst – wirkliche zwischenmenschliche Nähe war ihr anscheinend gänzlich unbekannt.

Mit meiner Tochter verbrachte ich so viel Zeit wie möglich. Oft gingen wir allein spazieren. Sie konnte schon stehen, begann, sich auszudrücken, stand kurz vor ihren ersten Schritten. In diesen Momenten war sie fröhlich, unbeschwert – mein einziges Glück in dieser Zeit.

Ihre Mutter hingegen war unverändert oft gereizt, überfordert. Sie schrie unsere Tochter an, gab ihr heftige Klapse, schüttelte sie, stritt grundlos mit ihr – weil das Kind sie ansah oder weil die Windel voll war. Ich versuchte, die Situationen zu deeskalieren, was nur zu weiterer Streits führte. Meine Kräfte waren längst erschöpft.

An einem Samstag im August, nach einem seltenen Abend allein draußen, wachte ich auf dem Sofa auf – Sydney schlug mir wieder einmal mit dem Besen auf den Kopf und stürzte sich erneut mit einem Messer auf mich. In Panik rief ich unseren Nachbarn um Hilfe, der glücklicherweise gerade zufällig vor dem Haus war. Gerade noch rechtzeitig riss er ihr das Messer aus der Hand und konnte so in letzter Sekunde Schlimmeres verhindern.

Diesmal hatte ich echte Todesangst. Ich war sicher, es handelte sich nicht länger um einen impulsiven Ausraster – es war definitiv Vorsatz. Ich rief die Polizei, zeigte sie an. Sie revanchierte sich mit dem zum Scheitern verurteilten Versuch einer Gegenanzeige: Ich hätte sie betrogen (was offenkundig kein Straftatbestand ist) und sie wäre nicht mit dem Messer auf mich losgegangen. Der Nachbar war bereits verschwunden – keine Lust auf polizeilich protokollierte Aussagen. Also stand meine Aussage gegen ihre Aussage.

So zog ich wieder aus, übernachtete vorübergehend bei meinem kanadischen Freund Alex, seiner schwangeren Frau und ihrem Sohn im Vorort im Osten von São Paulo. Samstagnacht bis Sonntagnacht verbrachte ich fast durchgehend schlafend – ich war völlig ausgelaugt, nervlich am Ende. Meine Tochter fehlte mir schmerzlich, die Sorgen und Schuldgefühle, sie bei Sydney zu lassen, quälten mich ungemein.

Während ich bei den Freunden das Wochenende verbrachte, zog Sydney mit unserem Kind zu ihrer Mutter nach São Paulo. Später kehrte ich nach Arujá zurück, besuchte in den folgenden Tagen und Wochen meine Tochter mit ihr regelmäßig in der Stadt. Sydney ließ sich Geld geben und mich unsere Tochter halten. An den Wochenenden übernachtete meine Tochter bei mir, während Sydney ausging. Sie erzählte mir später selbst, dass sie verschiedene Männer traf, mit denen sie etwas hatte – während sie mich weiterhin als Fremdgeher, Sittenstrolch, Vergewaltiger und schlimmeres beschimpfte und klagend ihre Lügen verbreitete.

Eigentlich hätte es mich nicht stören müssen – wir waren getrennt. Aber es stand im auffallend krassen Widerspruch zu ihrem Verhalten mir gegenüber. Und zu ihrer angeblichen Religiosität, die sie je nach Situation an- oder ablegte. Je nachdem, ob sie gerade Absolution als Rechtfertigung oder göttliche Erfüllung ihrer Wünsche erbeten wollte – zum Teil laut und theatralisch – damit ich ja mitbekam, wenn sie denn Herrgott um all jenes bat, ich ihr nicht bieten konnte.

Neben der Arbeit und den Überstunden kümmerte ich mich unter der Woche lediglich um Einkäufe und Haushalt, ansonsten versuchte ich wieder zu Kräften zu kommen und zu überlegen, was ich tun konnte, um meine Tochter zu beschützen. An den Wochenenden, während Sydney feiern ging und sich mit anderen Leuten traf, gingen meine Tochter und ich spazieren, fuhren an den Strand und genossen die ruhigen Abende am Grill. Sie spürte genau, wann sie sich entspannen konnte, und begann wieder mehr zu spielen, zu entdecken, zu krabbeln, zu kuscheln und zu kichern.

Insgeheim hoffte ich jedes Mal, Sydney würde nicht zurückkommen, sondern sich für einen anderen Mann entscheiden und verschwinden. Doch stattdessen drohte sie mir: »Wenn du mit einer anderen durchbrennst, dann bringe ich dich um.« Und ich hege absolut keinen Zweifel, dass sie es ernst meinte.

TÄUSCHUNG

Ende September 2008 kamen meine Mutter – hier Karen genannt – und ihr Lebensgefährte für mehrere Wochen zu Besuch. Trotz unserer regelmäßigen Telefonate, in denen ich ihr ausführlich von der Situation berichtet hatte, bestand sie darauf, ihre Enkeltochter zu sehen und zu unterstützen. Schon am Tag ihrer Ankunft tauchte Sydney mit unserer Tochter auf und nutzte die Anwesenheit der Oma schamlos aus. Sie gab sich zuckersüß, unschuldig und fleißig – genau wie damals, bevor sie schwanger geworden war – ein völliger Kontrast zu ihrem wahren Gesicht, das sie in den vergangenen Monaten unverhüllt gezeigt hatte.

Ohne ein einziges Mal das Gespräch mit mir zu suchen oder sich nach meinem Befinden zu erkundigen, richtete sie sich wie selbstverständlich wieder häuslich ein und übernahm die Rolle der Hausherrin. Ihr Verhalten war unfair – mir, meiner Mutter und ihrem Partner gegenüber. Die Stimmung kippte rasch, und ich fühlte mich der Situation wieder völlig ausgeliefert.

Dann kam es zu einem weiteren Vorwurf: Diesmal sollte der Lebensgefährte meiner Mutter ihr gegenüber seine Genitalien entblößt haben. Die Atmosphäre wurde erneut toxisch, und statt zu unterstützen, wie ich es mir erhofft hatte, goss meine Mutter ihr eigenes Gift in die explosive Mischung. Wie auch bereits in der Vergangenheit machte sie grundsätzlich mich für alles verantwortlich, demütigte mich, wo sie nur konnte – nun unterstützt von ihrem Partner. Es dauerte nicht lange, bis ich mich wieder daran erinnerte, warum ich unter anderem meine Heimat verlassen hatte.

Der einzige Lichtblick war, meine Tochter wieder regelmäßiger sehen zu können. Doch ihr Zustand bereitete mir große Sorgen: Sie wirkte nach der Rückkehr zunächst noch verstörter, abgekapselt von äußeren Einflüssen, fast abwesend. Das neugierige Erkunden und Krabbeln, das früher so typisch für sie gewesen war, hatte aufgehört, und vom Laufenlernen, was wir so viele Stunden gemeinsam mit viel Gekicher spielerisch geübt hatten, war sie weiter entfernt denn je. Stattdessen schien sie wochenlang vor dem Fernseher gesessen zu haben, ruhig gestellt, ohne Bewegungsfreiheit – ein Verhalten, das ich zuvor bereits mehrfach bei Besuchen bei Sydneys Mutter beobachtet hatte.

Trotz meiner eigenen Belastung versuchte ich, meiner Mutter und ihrem Partner etwas zu bieten – Ausflüge in die Natur, durch die Stadt, Besichtigungen von Sehenswürdigkeiten. Doch statt Dankbarkeit erntete ich Undank, Geringschätzung und offene Beleidigungen. Sie machten mich verantwortlich für die schwierige Situation mit Sydney und dafür, dass die Lebensverhältnisse nicht ihren gewohnten Komfort boten, da wir offensichtlich nicht in einem Wellness-Ressort für alte Leute lebten. Was sie anscheinend trotz meiner Warnungen und der Unterstützungsbeteuerungen als reinen Erholungsurlaub geplant hatten, empfanden sie nun als Zumutung – meine Schuld, versteht sich.

Die Spannungen eskalierten so sehr, dass die beiden schließlich in ein Hotel zogen, jedoch zogen sie sich bloß zurück, anstatt die versprochene Unterstützung zu bieten. Erst danach entspannte sich die Lage etwas, und ich konnte mich besser auf die Umstände einstellen, den Frieden zumindest oberflächlich wahren. In dieser Zeit brachte Karen die Idee auf, dass wir nach Deutschland umziehen sollten – für eine »gesicherte Zukunft« unserer Tochter, was ich deutlich ablehnte.

Nach ihrem Abflug versuchte ich erneut, mit Sydney eine halbwegs harmonische Beziehung aufzubauen – nicht aus Liebe oder Hoffnung, sondern einzig, um in der Nähe meiner Tochter bleiben und mich um sie kümmern zu können. Sydney schien sich tatsächlich etwas mehr Mühe zu geben – allerdings nur, weil sie mich endlich heiraten wollte. Ich machte ihr ein Angebot: Wenn wir es schafften, ein Jahr lang friedlich zusammenzuleben, ohne ihre gewalttätigen Ausbrüche, dann könnten wir über eine Hochzeit reden. Ich glaubte nicht daran – Sydney log, wo sie nur konnte – aber das spielte keine Rolle. Meine Tochter war das Wichtigste, und ich würde alles tun, was mir möglich war, um ihr ein stabiles Umfeld zu geben.

Doch Sydney wurde zunehmend unglücklicher – und ließ es mich spüren. Dass ich selbst seit langem unglücklich war oder wie es um das Wohl unserer Tochter stand, schien sie nicht zu interessieren. Nun hasste sie das Haus, in das sie ungefragt zurückgekehrt war, um die Hausherrin zu spielen, denn nun störte sie die Anwesenheit der Nachbarn, obwohl diese uns lediglich mieden – vermutlich, weil sie genug von den ständigen Skandalen mitbekommen hatten, die Sydney selbst provoziert hatte.

Ihr war unangenehm, dass sie nicht mehr die perfekte Fassade aufrechterhalten konnte. Gleichzeitig verbreitete sie weiterhin überall, wir seien bereits verheiratet, ärgerte sich, dass mich das nicht im Geringsten zusätzlich unter Druck setzte – ich hatte wahrlich andere Sorgen.

Die ständigen Konflikte wirkten sich auch weiterhin auf meine Arbeit aus. Mein Chef machte sich vor Kollegen und sogar Kunden über mich lustig – weil meine »Ehefrau« mich verprügelte. Als dann noch finanzielle Probleme hinzukamen – die Firma zahlte die Gehälter verspätet, manchmal wochenlang nicht – wurde Sydney noch unerträglicher. Die Beschimpfungen und Beleidigungen häuften sich wieder, und schließlich beschlossen wir, nach São Paulo zurückzukehren. Sydney erhoffte sich Unterstützung von ihrer Familie und einen Neuanfang ohne die »Altlasten«, die der Nachbarschaft bekannt waren. Plötzlich kündigte sie an, sie wolle arbeiten gehen – und ich sollte Hausmann werden.

Mitte November 2008 traten wir den beschwerlichen Weg zurück nach São Paulo an. Der ursprüngliche Plan sah vor, wir würden kurzzeitig bei Sydneys Familie in einer Favela unterkommen – in einer kleinen Mansardenwohnung auf dem Dach – um dann schnellstmöglich eine eigene Wohnung zu finden. Die Realität gestaltete sich anders. Wir quartierten wir uns notdürftig in einem winzigen Zimmer auf dem Dach des heruntergekommenen Gebäudes im Hinterhof ein, wo unter anderem Sydneys Mutter und Schwester lebten.

Die Lebensverhältnisse dort waren extrem schwierig und ungesund, ein ständiger Kampf gegen Enge, Schmutz und beengte Verhältnisse. Immerhin konnte ich meine Tochter nun ständig im Blick behalten. Merkwürdigerweise herrschte ein unausgesprochenes Einvernehmen darüber, dass ich der Großmutter Rozy möglichst aus dem Weg ging – eine stillschweigende Übereinkunft, die niemand infrage stellte.

Wie ich es erwartet hatte, verflog Sydneys anfänglich zur Schau getragener Optimismus schnell. Ihre hochfliegenden Hoffnungen auf Unterstützung oder auch nur Verständnis seitens der Familie erwiesen sich als trügerisch. Bald schon eskalierte der Konflikt mit ihrer Mutter und ihrer zwei Jahre älteren Schwester Márcia, die gemeinsam im Erdgeschoss lebten – jenem Bereich, in dem sich auch Sydney zumeist aufhielt. Die Atmosphäre zwischen den drei Frauen wurde zunehmend vergiftet durch unterschwellige Spannungen und gegenseitige Vorwürfe.

Sydneys anfängliches positives und souveränes Auftreten erwies sich ganz schnell als bloße Maskerade, die der harten Realität nicht standhielt. Am besten verstand ich mich mit Sydneys Bruder, den ich hier Pablo nenne. Nach seiner Haftentlassung ging er verschiedenen undurchsichtigen Tätigkeiten nach, kümmerte sich aber auf verspielte, liebevolle Weise um seine Kinder. Auch mit seiner Frau, Sydneys Schwägerin, kam ich ausgezeichnet zurecht –

sie war eine herzliche, fröhliche Frau, die mit ihrer Familie das erste Stockwerk unter uns bewohnte.

Diese Konstellation erwies sich glücklicherweise als eine Art neutrale Pufferzone. Die Anwesenheit der anderen Kinder im Kita- und Grundschulalter trug zu einer entspannteren Atmosphäre bei, die auch meiner Tochter gut tat. Hier gab es Momente natürlicher Normalität, eine seltene Kostbarkeit in unserer Situation.

Pablo hatte ich erst wenig zuvor, einige Zeit nach seiner Haftentlassung kennengelernt. Während seiner Inhaftierung hatte ich Sydney bis zur Haftanstalt begleitet, dort aber draußen warten müssen. Der Mann, den ich dann traf, war äußerst freundlich und sympathisch – einer, der eine schwere Vergangenheit hinter sich hatte, aber bewundernswerterweise seinen Weg gefunden hatte. Er blieb seiner Familie verbunden, bewahrte sich jedoch seine Unabhängigkeit. Auf seine Art machte er klar, dass selbst seine Mutter ihn nicht einengen konnte und trug seinen finanziellen Anteil bei.

Rozy zollte ihm in seiner Anwesenheit Respekt, auch wenn sie – ebenso wie Sydney – in seiner Abwesenheit ganz anders über ihn sprachen – auf widerliche Weise, wie es ganz ihrer beider wahren Charakter entspricht.

Die Wohnungssuche gestaltete sich schwieriger als erhofft. Die Gründe lagen auf der Hand: Weder konnte ich die erforderliche Mietkaution aufbringen noch fand sich ein geeigneter Bürge für eine passende Wohnung in der überbevölkerten Megametropole. Hinzu kam Sydneys unnachgiebige Haltung – die neue Wohnung musste mindestens dem Standard unserer früheren Unterkunft in Arujá entsprechen, nur größer und näher an der Innenstadt von São Paulo gelegen. Diese Ansprüche erwiesen sich selbstverständlich als finanziell völlig unrealistisch, selbst für die gehobene Mittelschicht der Stadt.

Meine Hauptrolle war nun die des Hausmannes – eine Aufgabe, die ich bereits gewohnt war. Jeder neue Tag begann mit der gleichen Routine: Ich versorgte unsere Tochter, begleitete sie nun auch unter der Woche ganztägig, erkundigte mich währenddessen nach passenden Arbeitsangeboten und durchforstete die Wohnungsangebote, während Sydney ihre unrealistischen Forderungen aufrechterhielt. Die frustrierende Diskrepanz zwischen unseren Möglichkeiten und ihren Erwartungen wurde immer offensichtlicher, doch sie weigerte sich beharrlich, Kompromisse einzugehen.

Sydney, deren Lebenslauf ich gemäß ihren Wünschen überarbeitet hatte und bei deren Arbeitssuche ich sie wie gewünscht unterstützte, fand eine Anstellung als Verkaufshelferin in einem Geschäft für Lampen und Leuchtmittel, das sie als »japanisch geführt« bezeichnete, obwohl der Inhaber japanischstämmiger Brasilianer war. Die Bezahlung war schlecht und die Arbeit offenbar sehr anstrengend für sie. Ständig beklagte sie sich über ihre Kollegen und die Arbeitsatmosphäre, behauptete, ungerecht behandelt und gemobbt zu werden, warf allen pauschal Rassismus vor. Gleichzeitig erschien sie selbst fast nie pünktlich zur Arbeit, da sie stundenlang mit Frisur und Make-up beschäftigt war – um sich währenddessen ständig mit der Künstlerin Beyoncé Knowles zu vergleichen – eine Gewohnheit, die sie beibehalten sollte. Jeden gut gemeinten Vorschlag meinerseits wies sie mit gewohnter Heftigkeit und oft gewaltsam zurück.

Ihre Unzufriedenheit wuchs stetig. Wieder häufiger geriet sie mit mir in Streit, schien jedoch innerlich zerrissen, denn auch die erhoffte Unterstützung ihrer Familie blieb aus. Niemand gab ihr in ihren ständigen Auseinandersetzungen Recht, egal worum es ging, was sie zunehmend frustrierter machte. Zudem behandelte ihre eigene Familie sie nicht besser als mich – ich wurde weiterhin regelmäßig beleidigt und stand unter dem ständigen Druck ihrer Mutter. Ihre ambivalenten Gedankengänge und damit einhergehend wechselnden Launen verdarben noch weiter das Zusammenleben und jeglichen Austausch.

Während dieser Zeit kümmerte ich mich monatelang so gut wie allein um unsere Tochter, unterstützte Sydney nach ihrer Rückkehr von der Arbeit, führte den Haushalt, erledigte die Einkäufe und versuchte, ihrer Familie möglichst aus dem Weg zu gehen, während ich gleichzeitig heimlich nach einer Festanstellung suchte und bereits einige Kontakte knüpfte, Stellenangebote verhandelte.

Dann kam der überraschende Anruf meiner Mutter – ein Schockmoment. Ohne mein Wissen hatte Sydney Kontakt aufgenommen und um Flugtickets nach Deutschland gebeten, um bei meiner Familie unterzukommen. Diese eigenmächtige Aktion traf mich unvorbereitet.

Plötzlich lastete noch mehr enormer Druck auf mir – nicht nur von Sydney, sondern auch von meiner eigenen Familie. Eigentlich wollte ich in Brasilien bleiben, hatte mir dort berufliche Perspektiven und zahlreiche Kontakte aufgebaut. Doch die emotionalen Appelle und unterschwelligen Erpressungen in Bezug auf meine Tochter ließen mir kaum eine Wahl. So begann ich wie gefordert die Vorbereitungen für den Umzug nach Deutschland für uns drei.

Inmitten dieser turbulenten Zeit kam während der Vorbereitungszeit zumindest eine erleichternde Nachricht: Noch in Brasilien erhielt ich eine Zusage für einen Job in Deutschland. Ende Februar 2009, unmittelbar vor den Karnevalsfeierlichkeiten, kamen wir in meiner Heimatstadt Neuss an. Ohne große Übergangsphase begann ich sofort nach dem Karnevalswochenende mit der neuen Arbeit – ein kleiner Lichtblick in dieser chaotischen Lebensphase.

ENTFREMDUNG

Die Ankunft in Deutschland brachte zunächst eine scheinbare Ruhe. Wir quartierten uns vorübergehend in einer Wohnung im Haus meiner Mutter in Neuss-Reuschenberg ein, mussten aber schnell umziehen, da die Wohnung bereits vor unserem Umzug vermietet worden war. Durch meinen Arbeitgeber fanden wir eine neue Unterkunft in Grevenbroich-Kapellen.

Die ersten Wochen verliefen friedlich, doch Sydney zog sich immer mehr zurück – sie schlief viel, vernachlässigte den Haushalt, die Hygiene und wie gewohnt leider ebenfalls unsere Tochter. Ihr Zustand wirkte weiter zunehmend depressiv. Die Verantwortungen für den Haushalt, die Einkäufe und bürokratischen Angelegenheiten – wie Sydneys Visum – blieben ebenfalls wie gewohnt allesamt an mir hängen.

Ich versuchte trotz meiner Arbeit, das Leben für sie und unsere Tochter so angenehm wie möglich zu gestalten. Meine Familie unterstützte oberflächlich, doch ihre Hilfe war begleitet von ständigen Forderungen, vor allem in Bezug auf meine Tochter, und einem übertriebenen Pathos, ohne echtes Verständnis oder offene Gespräche. Ich bemühte mich, Sydney in soziale Kontakte einzubinden, unternahm Ausflüge mit ihr und unserer Tochter. Doch wie immer war ihr nichts recht.

Sie beneidete die Nachbarn im Vorort um ihre großen Autos und Häuser, ihre vermeintlich perfekten Leben und vieles mehr, anstatt mit Neugierde die neue Umgebung zu erkunden, wie ich es gehofft hatte. Ich engagierte mich zu dem Zeitpunkt bereits politisch in Neuss und nahm sie schon mal mit zum politischen Stammtisch oder anderen Veranstaltungen und ging mit ihr natürlich auch aus, solange sie niemanden kannte.

Unserer Tochter ging in Deutschland von Anfang an sichtlich besser. Ihre Allergien verschwanden, und auch emotional schien ihr der ruhigere Lebensrhythmus gutzutun. Ganz anders ihre Mutter – Sydney wirkte zunächst orientierungslos und war nach wie vor häufig mit der Kindererziehung überfordert.

Sie stritt sich regelmäßig mit unserer damals noch kleinen anderthalbjährigen Tochter, als handle es sich um eine Gleichaltrige. Selbst grundlegende Aufgaben wie das Zubettbringen überforderte sie. Oft hielt sie die Kleine bis spät in die Nacht wach, obwohl diese todmüde war und schlafen wollte. Statt sie ins Kinderbettchen zu legen, verbrachte Sydney die Tage und Nächte mit unserer Tochter im Bett vor dem Fernseher.

Doch nach wenigen Wochen bereits, sobald sie ihre Ruhe haben wollte – was mit der Zeit immer häufiger der Fall war – sollte ich unser Kind ins

Bett bringen. Ich übernahm diese Aufgabe gerne: Ich sang meiner Tochter unser Gutenachtlied vor, bis sie auf meinem Bauch einschlief, und trug sie dann behutsam in ihr Bettchen. Sydney gewöhnte sich schnell daran, mir diese Aufgabe zu überlassen, während sie selbst am Handy spielte oder vor dem Fernseher lag.

Oft rief ich in meiner Mittagspause an und stellte fest, dass die beiden noch immer im Bett lagen. Erst als Sydney begann, die verpflichtenden Integrationskurse zum Deutschlernen zu besuchen, stand sie mit unserer Tochter gelegentlich früher auf – wenn sie es denn schaffte.

Die Wohnung vernachlässigte sie weiterhin in gewohnter Weise. So blieb es immer noch an mir hängen, nebst Arbeit auch Einkäufe zu erledigen, zu kochen, meist den Abwasch zu machen, Wäsche zu waschen und die Wohnung zu putzen. Oft fand ich das Badezimmer und andere Bereiche der Wohnung völlig verdreckt vor, wenn ich von der Arbeit kam. Es war mir regelmäßig ein Rätsel, wie so viel

Schmutz in so kurzer Zeit entstehen konnte – offensichtlich ließ Sydney sich völlig gehen.

Ihre Beschwerden über unsere Tochter häuften sich wieder. »Das ist mir alles zu viel«, jammerte sie oft. Wieder musste ich mit ansehen, wie sie die Kleine heftig schüttelte, unsanft zurückstieß oder aufs Bett warf, wie sie ihr grobe Klapse verpasste. Dieses Verhalten, gepaart mit ihrer zunehmenden Aggressivität, führte unweigerlich zu Streit – besonders wenn ich es wagte, mir Sorgen um das Wohlergehen unserer Tochter zu machen.

Ihre Wutausbrüche kehrten zurück, und plötzlich begann sie, regelmäßig eine englischsprachige Baptistenkirche in Düsseldorf zu besuchen. Sydney ist intelligent und hatte es noch in Brasilien geschafft, sich einige grundlegende Englischkenntnisse anzueignen. Sie verlangte, dass ich mitkomme – einmal tat ich es, um ihr entgegenzukommen. Wieder wurde ich als ihr Ehemann präsentiert. Betont provokant erklärte sie immer wieder, ihre Religion sei wichtiger als unser Kind und ich, rechtfertigte ihre

Ausraster und Ansprüche mit Gottes Willen und nannte mich einen »ungläubigen Sünder«.

Sie bestand darauf, dass ich mich in »ihrer« Kirche taufen lassen und sie heiraten müsse. Als ich entnervt klarstellte, dass die Beziehung für mich natürlich längst vorbei war und ich nur unserer Tochter zuliebe weiterhin mit ihr zusammenlebte, ignorierte sie es – oder wurde gewalttätig. Zumindest griff sie nicht mehr zu Küchenmessern.

Doch so plötzlich, wie diese religiöse Phase begonnen hatte, endete sie auch. Sie sprach nicht darüber, schien sogar peinlich berührt, wenn ich nach »ihrer« Kirche fragte. Stattdessen bekam sie Anrufe von Männern – gar nicht peinlich berührt – die sie zunächst mehr oder weniger heimlich im Schlafzimmer entgegennahm. Auf Nachfrage behauptete sie erst, es sei jemand von der Kirche, dann gestand sie, ihn in der S-Bahn kennengelernt zu haben. Die Gesprächsfetzen, die ich mitbekam, klangen alles andere als religiös.

Später erfuhr ich, dass sie sich tatsächlich mit mehreren Männern traf – teilweise parallel. Einer von ihnen beschwerte sich sogar, weil sie ihn betrogen hatte. Woher ich das weiß? Ein geliehenes Handy, auf dem all ihre Nachrichten und sämtliche Antworten gespeichert waren, als sie es mir zurückgab.

Mit der Zeit häuften sich solche Vorfälle, doch meine Reaktion darauf war gleichgültig geworden. Nach allem, was geschehen war – besonders nach ihren widerwärtigen Anschuldigungen, ich hätte unser Kind sexuell missbraucht, eine Behauptung, die sie später nicht nur einmal wiederholen, sondern immer wieder andeuten sollte – war zwischen uns zu viel zerstört. Es blieb nichts mehr außer müdem Mitgefühl und Bedauern für sie.

Diese Erkenntnis reifte in mir während jener Zeit, als sie erneut begann, gewalttätig zu werden – sowohl unserer Tochter als auch mir gegenüber. Dabei inszenierte sie sich wie immer als das eigentliche Opfer, eine Rolle, die sie perfekt beherrschte.

Jeder Vorwurf prallte an ihr ab, jede ihrer Taten wurde in ihrer Wahrnehmung so gedreht, dass sie am Ende als die Leidtragende dastehen konnte.

Die Dynamik war immer dieselbe: Sie provozierte, attackierte, beschuldigte – nur um dann, wenn Konsequenzen drohten, in Tränen auszubrechen und sich als missverstandenes Opfer darzustellen. Doch mittlerweile durchschaute ich dieses Spiel. Wo früher Verärgerung oder Verletzung waren, herrschte nun nur noch eine tiefe Erschöpfung.

Die ständigen Anschuldigungen, die Gewalt, das theatralische Gehabe – all das konnte in mir nur wenig mehr Regung auslösen als einem resignierten Achselzucken, wenn überhaupt. Ihre perfiden Andeutungen gegenüber Dritten, nie direkt ausgesprochen, aber sorgfältig platziert, sollten mich in ein bestimmtes Licht rücken. Doch selbst diese niederträchtigen Manipulationsversuche hinterließen in mir nur noch eine seltsame Leere.

Die Frau, die ich einst geliebt hatte, existierte nicht mehr – vor mir stand eine Fremde, deren

Handlungen mich nur noch berührten, wenn sie unser Kind betrafen. Stattdessen handelte ich kühl und pragmatisch, schützte mein Kind so gut wie möglich, ohne mich auf Sydneys dramatische Selbstinszenierungen einzulassen. Die emotionale Verbindung zwischen uns war endgültig zerschnitten – und das war vielleicht das Beste unter diesen Umständen.

In jenen Tagen oblag es weiterhin mir, unsere Tochter abends ins Bett zu bringen. Während ich ihr weiterhin leise und ruhig etwas vorsang, während sie ihren Kopf an meine Brust kuschelte, bis sie sanft einschlief, zeigte ihre Mutter weder Geduld noch Interesse für dieses Ritual. Stattdessen begann Sydney erneut, mich zu schlagen – ein Ausbruch, der von dieser Zeit an erneut wieder häufiger vorkam.

Ihre Unzufriedenheit war allgegenwärtig, doch so sehr sie auch jammerte, dass nichts nach ihren Vorstellungen lief – selbst unternahm sie nichts, um die Situation zu ändern, trotz aller Unterstützungsangebote. Seltsam hilflos wirkte sie dabei, konnte nicht einmal klar und realistisch artikulieren, was sie eigentlich genau wollte. Stattdessen stellte sie unerfüllbare Forderungen, am liebsten wollte sie sofort einen Doktortitel in Biologie und sämtlichen Luxus, der ihr vermeintlich zustand, tat als müsse sie nur laut genug Gott anrufen oder gar anschreien, und schon müsste ihr alles umgehend in den Schoß fallen.

Doch was sie am stärksten umtrieb war ihr unerschütterlicher Glaube in allem Recht zu haben – und ein Anrecht darauf alles zu besitzen. Diese Überzeugung durchdrang ihr ganzes Denken, ein konstantes Weltbild, das keine Kompromisse zuließ. Egal, worum es ging, Sydney bestand darauf, dass ihr unbeschränkte Deutungshoheit zustand, dass ihre Wünsche und Anliegen Vorrang vor allem und allen anderen hatten.

Die Abende verliefen meist nach demselben Muster: Während ich mich um unsere Tochter kümmerte, brodelte es in Sydney vor Frustration.

Sie schien zu glauben, das Leben schulde ihr etwas – ohne je begreifen zu wollen, dass man sich manche Dinge auch erarbeiten muss. Ihre Hand schlug zu, wenn die Realität nicht mit ihren Ansprüchen übereinstimmte, doch selbst dann bestand sie darauf, im Recht zu sein.

Es war diese unerbittliche Haltung, die jeden Konflikt eskalieren ließ. Selbst wenn sie offensichtlich im Unrecht war und ich ihr dennoch zustimmte, fand sie Wege, sich als Opfer darzustellen. Ihre Forderungen wurden immer absurder, ihre Gewaltausbrüche häufiger – und doch blieb sie in ihren Augen stets diejenige, der Unrecht widerfuhr. Dieses starre Selbstbild ließ keinen Raum für Reflexion oder Veränderung, nur für immer neue Vorwürfe und Enttäuschungen.

TRUGBILD

Ende 2009 eskalierte die Situation erneut. Sydney wurde so aggressiv, dass ich aus Sorge um unsere Tochter meine Mutter um Hilfe bat, die mehrfach zuvor angeboten hatte, in Krisensituationen zu unterstützen und zu vermitteln. Als Karen eintraf, versuchte sie zunächst halbherzig mit einigen Floskeln Sydney zu beruhigen – ein aussichtsloses Unterfangen, wie ich es gewohnt war.

Ein sachliches Gespräch war unmöglich, denn Sydney ließ sich in solchen Zuständen kaum besänftigen, was meine Mutter mir nie hatte glauben wollen. Doch diesmal ging Sydneys Reaktion gegenüber Karen noch weiter. Neben ihrer gewohnten Wut war sie vor allem mit ihrer gekränkten Eitelkeit beschäftigt – der Scham, dass meine Mutter sie in diesem aufgebrachten Zustand erlebte. Diese vermeintliche Demütigung trieb sie zu neuen Beleidigungen, die sie nun direkt gegen Karen richtete.

Die Wirkung ließ nicht auf sich warten: Meine Mutter, zutiefst beleidigt, zog sich, als es unangenehm wurde, empört zurück – und ließ mich und ihr Enkelkind erneut im Stich, genau wie damals während ihres Besuchs in Arujá, als Sydney die Situation für alle unerträglich gemacht hatte. Auch dieses Muster wiederholte sich mit beunruhigender Regelmäßigkeit – sobald Konflikte auftauchten, verschwand Karen, anstatt sich schwierigen Situationen zu stellen.

Die Folgen dieses Vorfalls prägten die weitere Beziehung: Sydneys Verhalten gegenüber meiner Mutter blieb von da an zunächst feindselig, eine Haltung, die Karen prompt erwiderte. Was als kurzer Besuch begann, endete in einer dauerhaften Verstimmung, die vorerst jede Interaktion zwischen den beiden Frauen vergiftete.

Die Atmosphäre wurde noch gespannter, als Sydney begann, ihre Wut über diesen Vorfall an mir auszulassen – wie nicht anders zu erwarten war. Jede Erwähnung meiner Mutter provozierte neue Wutausbrüche, während Karen ihrerseits jede Gelegenheit nutzte, um mir Sydneys Unzulänglichkeiten vorzuhalten. Ich saß zwischen den Fronten – verantwortlich gemacht für die Emotionen beider Frauen, während ich gleichzeitig versuchte, unsere Tochter vor diesem vergifteten Klima zu schützen.

Besonders zynisch wirkte dabei Sydneys erneute plötzliche Besorgnis um ihren Ruf: Die Frau, die mich regelmäßig vor unseren Nachbarn bloßstellte, fürchtete nun wieder einmal, als »hysterisch« dazustehen. Diese Sorge schien sie mehr zu beschäftigen als die tatsächlichen Auswirkungen ihres Verhaltens auf unsere Tochter. Während sie sich um ihren äußeren Schein sorgte, zerstörte sie rigoros und systematisch, was von unseren elterlichen Bindungen noch übrig war.

Ich beschloss, erneut Distanz zu Sydney zu schaffen, schlief fortan im Wohnzimmer, wohin ich mein Bett gestellt hatte – da wir zwei Betten hatten – versuchte aber, ein halbwegs harmonisches Zusammenleben aufrechtzuerhalten. Alleinlassen konnte ich sie nicht, sie wirkte und gab sich weiterhin geschickt völlig hilflos.

Doch Sydney bekam wieder häufiger Anrufe von Männern, die sie heimlich entgegennahm – ohne auch nur zu versuchen diese zu erklären und gleichzeitig versuchte sie, mich zurückzugewinnen, schlich sich nachts zu mir ins Bett und überschüttete mich mit heuchlerischen Liebesbekundungen, das tat sie auch per E-Mail. Gleichzeitig drohte sie weiter damit, mit unserer Tochter nach Brasilien zurückzukehren – eine altbekannte Masche. Aber natürlich war es mittlerweile viel zu spät, wie ihr anscheinend langsam klar wurde.

In den letzten Wochen des Jahres 2009 bemühten wir uns – mit Unterstützung meines Vaters, meiner Tante und meiner Oma väterlicherseits – um eine harmonische Weihnachtszeit. Ich kaufte einen prächtigen Weihnachtsbaum und schmückte ihn mit großer Sorgfalt. In der Küche bereitete ich sowohl traditionelle deutsche Weihnachtsgerichte als auch brasilianische Spezialitäten zu. Tatsächlich kehrte für einige Tage eine Art Frieden ein.

Sogar Sydney zeigte sich ungewohnt kooperativ: Sie gab sich demonstrativ Mühe, eine gute Atmosphäre zu schaffen, beteiligte sich wieder etwas mehr an Haushaltsaufgaben und zeigte sich der Familie gegenüber aufgeschlossener.

In einem ruhigen Moment erklärte sie mir, ihre persönliche Krise überwunden zu haben. Sie beteuerte, es gehe ihr mittlerweile viel besser, sie wolle nur das Beste für unsere Tochter und »unsere Familie«. Mit eindringlichen Worten bat sie mich erneut um Vergebung für alles Geschehene, sie werde mich zu nichts mehr drängen – und so wagten wir einen weiteren Versuch, unsere Beziehung wiederaufzunehmen.

Für eine gewisse Zeit hegte ich tatsächlich Hoffnung – oder versuchte zumindest ernsthaft, Hoffnung zu schöpfen, redete mir ein, es gebe eine gemeinsame Zukunft zu dritt. Vielleicht, so dachte ich, bot Deutschland mit all seinen Möglichkeiten und der vorhandenen Unterstützung wirklich eine Chance für einen Neuanfang. Immerhin gab sich Sydney jetzt sichtlich Mühe. Sie schien zeitweise motivierter, und ich half ihr auf ihren Wunsch bereitwillig bei Bewerbungen, übersetzte und aktualisierte ihre Unterlagen für sie, versorgte sie mit Informationen und Rat, tat alles worum sie mich bat, da sie einen anerkannten Berufsabschluss anstrebte.

Wir unternahmen in dieser Phase zahlreiche gemeinsame Ausflüge zu dritt oder zum Beispiel mit meinem Vater – manche davon ausgedehnte Touren, die uns als Familie wieder näher zusammenbringen sollten. Die Atmosphäre war entspannter als seit langem; wir besuchten Parks, Museen und andere Ausflugsziele, immer mit unserer Tochter im Mittelpunkt. Sydney zeigte sich dabei aufgeschlossener und engagierter als in den vergangenen Monaten.

Besonders an den Wochenenden entwickelten wir eine Art Routine: Morgens gemeinsam frühstücken, dann Ausflüge planen und unternehmen, abends zusammen kochen. Sydney überraschte mich gelegentlich mit kleinen Aufmerksamkeiten, und selbst die Hausarbeit schien sie weniger zu belasten als zuvor. Eine Veränderung war deutlich spürbar, wenn auch noch fragil.

Meine Mutter beobachtete diese Entwicklung zunächst skeptisch, ließ sich dann aber doch von der verbesserten Stimmung anstecken. Sie lud uns öfter ein, und die Besuche verliefen weniger angespannt. Selbst zwischen Sydney und Karen entspannte sich die Atmosphäre merklich – wenn auch mit einer gewissen Zurückhaltung auf beiden Seiten.

In diesen Wochen glaubte ich zeitweise wirklich, der schlimmste Sturm sei überstanden. Die gemeinsamen Unternehmungen, die kleinen Alltagsrituale, die sichtbare Mühe, die Sydney sich gab – all das nährte die Hoffnung, dass wir vielleicht doch einen Weg zueinander finden und unsere Tochter eine intakte Familie bieten könnten. Die Feiertage verbrachten wir in ungewohnter Harmonie, und selbst der Jahreswechsel verlief friedlicher, als ich es lange für möglich gehalten hätte.

Doch der Frieden währte nicht lange. Als sie nach wenigen Wochen erneut beklagte, dass ich nicht bereit war, sie sofort zu heiraten oder mein Leben komplett ihren Wünschen zu unterwerfen, kehrte die Aggression zurück. Sie schlug mich, griff wieder nach Gegenständen, um mich zu verletzen. Ich musste sie festhalten, um zu verhindern, dass sie sich, mich oder unsere Tochter verletzte. Sie biss, schlug, trat, gezielt auf meine empfindliche, Stellen – es war das erneute Erwachen in einer alptraumhaften Realität.

Ende Januar 2010 eskalierte die Situation wiedermal – und diesmal innerhalb weniger Tage gleich mehrfach. Ich sah mich gezwungen, wieder Hilfe zu holen, denn unsere völlig verstörte Tochter musste mit ansehen, wie ihre Mutter abermals ausrastete und mit allen Mitteln versuchte, mich vorsätzlich zu verletzen. Sydneys Wutanfall ließ sich nicht beruhigen und zog sich quälend in die Länge, offenbar hatte sich einiges angestaut, einzig ich blieb als Ventil dafür übrig.

Meine Mutter kam tatsächlich wieder vorbei und versuchte zunächst, Sydney mit ruhigen Worten zu besänftigen. Doch das erwies sich wieder als unmöglich. Stattdessen griff Sydney meine Mutter an und versuchte ihr mit Gewalt unsere Tochter aus den Armen zu reißen – unsere Tochter war zur Oma geflüchtet, während sie Zeuge von Sydneys Attacken auf mich wurde.

In dieser ausweglosen Situation entschied ich, unsere Tochter für eine Nacht zu meiner Mutter mitzunehmen, um die Lage zu entschärfen. Ich bat Sydney eindringlich, sich zu beruhigen, und versprach, am nächsten Morgen mit unserem Kind zurückzukehren, um dann in Ruhe zu reden. Erst als sie sah, wie schockiert unsere Tochter war, willigte sie widerstrebend ein.

Bei meiner Mutter angekommen, schlief das erschöpfte, verstörte Kind sofort ein. Von dort aus rief ich Sydney nochmals an – sie schien unterwegs auf der Straße zu sein. Sie bestätigte unser morgiges Treffen und beteuerte, es gehe ihr schon besser, sie wolle jetzt schlafen gehen.

Doch der nächste Tag brachte neue Schockmomente. Bei der Lebensgefährtin meines Vaters trafen wir dann später als geplant Sydney wieder, die unsere Verabredung geändert hatte und uns gegenüber gespielt beiläufig erzählte, sie habe nachts die Polizei gerufen und uns wegen Kindesentführung angezeigt – sogar ein Rettungswagen sei gekommen, um sie zu versorgen.

Offenbar enttäuscht, dass ihre Aktion nicht zur sofortigen Verhaftung meinerseits geführt hatte – eindeutig hatten die Beamten vor Ort ebenso wie die Kollegen in Brasilien ihren desolaten Geisteszustand festgestellt und daraufhin ebenfalls eine medizinische Untersuchung angeordnet – erklärte Sydney plötzlich, sie wolle zunächst bei einer Freundin unterkommen. Ich könne mit unserer Tochter in der Wohnung bleiben.

Diese sogenannte Freundin – eine Brasilianerin, die mit ihrem deutschen Ehemann in Neuss-Reuschenberg lebt – hatte mir während eines Besuchs gemeinsam mit Sydney (als ihr Mann nicht anwesend war) vorgeworfen, europäische Männer seien allesamt Vergewaltiger und Kinderschänder. Beide Frauen begannen damals auf niederträchtigste Weise, mich zu beleidigen und zu verleumden, woraufhin ich kommentarlos ging.

Bis heute verstehe ich nicht, was diese absurde Behauptung bezwecken sollte – abgesehen davon, dass sie nicht nur ekelerregend, sondern auch statistisch widerlegbar ist. Die täglichen Nachrichten und offiziellen Zahlen zu häuslicher Gewalt, Femiziden, sexuellem Missbrauch und Kindesmisshandlung in Brasilien sprechen eine eindeutige Sprache – was beiden Frauen definitiv bekannt ist.

Als Sydney später vorbeikam, um weitere Sachen zu holen, ließ sie sogar ihre Schlüssel zurück. Doch dieses scheinbare Zugeständnis hinterließ bei mir nur ein dumpfes Gefühl – als wäre dies keine endgültige Entscheidung, sondern nur das Vorspiel zum nächsten unberechenbaren Akt in diesem zermürbenden Drama.

WENDEPUNKT

Einige Tage später änderte Sydney wie erwartet ihre Meinung – sie wollte doch wieder in die gemeinsame Wohnung zurückkehren. Für mich stand fest, dass ein weiteres Zusammenleben unter einem Dach ein schwerer Fehler wäre. Die einzige Möglichkeit, die mir blieb, war selbst auszuziehen.

Was folgte, war ein zermürbendes Schauspiel: Sydney inszenierte dramatische Szenen, machte gewohnte Drohungen und simulierte theatralisch einen Nervenzusammenbruch. Inmitten dieses Chaos einigten wir uns schließlich auf eine provisorische Lösung: Unsere Tochter sollte abwechselnd bei mir und bei Sydney wohnen – zumindest so lange, bis ich eine eigene Wohnung gefunden hätte. Merkwürdigerweise erklärte Sydney plötzlich erstmals, unsere Tochter könne dann sogar dauerhaft bei mir leben, wenn sie es wolle, obwohl ich dies weder vorgeschlagen noch angesprochen hatte.

Der letzte Vorfall wurde Anlass zum entscheidenden Wendepunkt. Ich beschloss, mich endgültig auch räumlich von Sydney zu trennen. Die ständige Gewalt und der unerträgliche Stress hatten mich zermürbt, vor allem aber machte ich mir ernsthafte Sorgen um die Zukunft meiner Tochter. Unter besseren Umständen hätte ich ihr so viel mehr bieten können.

Um professionelle Hilfe zu erhalten, kontaktierte ich den Kinderschutzbund, das Jugendamt und einen Anwalt. Ein Beratungstermin beim Jugendamt wurde vereinbart. Doch Sydney lehnte jegliche institutionelle Unterstützung kategorisch ab. Sie behauptete, wir könnten die Situation »freundschaftlich und einvernehmlich« klären – eine völlig unrealistische Vorstellung angesichts der vergangenen Vorfälle und ihres emotional desolaten Zustands.

Ohne ihre Zustimmung blieb mir jedoch vorerst wenig Handlungsspielraum. Wider besseres Wissen sagte ich den Termin wieder ab. Stattdessen fuhr ich fort, akribisch Protokoll über jedes relevante Vorkommnis zu führen – jedes Ereignis, jede Drohung, jedes auffällige Verhalten, wie es mir vom Jugendamt in Grevenbroich empfohlen worden war.

Sie begann dann eine Ausbildung in einer Arztpraxis, doch nach anfänglicher Euphorie fehlte sie bald, fühlte sich schnell schlecht behandelt und brach die Ausbildung alsbald ab, einem ähnlichen Muster folgend, wie bei ihrem gescheiterten Versuch beruflich in São Paulo Fuß zu fassen.

Bevor Sydney später zu ihrem heutigen Lebensgefährten in die Niederlande ziehen sollte, hatte sie bereits zahlreiche Affären hinter sich – etwas, das sie mir ungeniert und unmissverständlich vor unserer Tochter zu verstehen gab, indem sie nach einer gewissen Zeit demonstrativ mit verschiedenen Männern telefonierte, während unsere Tochter und ich anwesend waren. An den wenigen Wochenenden, an denen sie meine Tochter überhaupt noch zu sich nahm, schleppte sie unsere Tochter zu Partys bis tief in die Nacht und veröffentlichte Fotos unseres dreijährigen Kindes in den frühen Morgenstunden öffentlich im Internet – übertrieben aufreizend geschminkt, auffällig gekleidet im Minirock und in anderen unpassenden Posen.

Während dieser Zeit wählte sie regelmäßig den Notruf, rief mehrfach Polizei und Rettungsdienst zu sich, nahm unsere Tochter mit in Krankenhäuser oder Kliniken, wenn diese bei ihr war, und weckte mich dann in den frühen Morgenstunden mit dramatischen Anrufen. Nach den ersten Vorfällen ließ ich mich nicht mehr dazu hinreißen, aus dem Bett zu springen um herbei zu eilen. Immer wieder versuchte sie mit allen Mitteln Aufmerksamkeit zu erhaschen, indem sie unserer damals gesunden Tochter eingebildete Krankheiten andichtete – während sie selbst mit massiven psychischen Problemen kämpfte, die sie sich niemals eingestehen wollte.

Dann überschritt sie erneut eine rote Linie und tat etwas, das ich – wie sie wusste – nicht hinnehmen konnte: Sydney meldete meine Tochter unrechtmäßig aus der Kita ab und schrieb sie in einer mir unbekannten Einrichtung in einem fremden, abgeschiedenen Vorort ein – ich hatte keine Ahnung wo – gleichzeitig verweigerte sie mir den Kontakt. Das war nicht nur falsch, sondern illegal.

Dementsprechend folgte die erste Gerichtsanhörung im Jahr 2010 in Grevenbroich. Ich musste eine Anwältin engagieren, während Sydney von dem Anwalt eines Beziehungspartners vertreten wurde. Nach zwei langen Wochen, in denen ich keinen Kontakt zu meiner Tochter hatte, wurde Sydney schließlich verpflichtet, mir umgehend wieder Umgang mit meiner Tochter zu gewähren – mindestens die Hälfte der Zeit pro Woche. Der Richter wies sie wegen ihres Vorgehens deutlich vor allen Anwesenden zurecht und zudem an, ernsthaft eine langfristige Lösung mit mir zu suchen.

Vor Gericht stimmte sie zwar zu, doch für sie war das nur eine weitere Demütigung – das Wohl unserer Tochter spielte für sie dabei augenscheinlich keine Rolle. Ihren Beziehungspartner verließ sie prompt, nachdem dessen Anwalt vor Gericht nichts ausrichten konnte.

Wie nicht anders zu erwarten, hielt Sydney sich nicht lange an die Vereinbarung. Bereits nach wenigen Wochen brach sie den Kontakt zu unserer Tochter ab – forderte stattdessen weiterhin Geld von mir – ansonsten war sie kaum noch präsent. Von da an lebte meine Tochter bei mir. Damit hatte ich nicht gerechnet, aber ich war verhalten glücklich darüber, denn ich fürchtete, sie würde es sich bald wieder anders überlegen.

Ich kümmerte mich allein um alles: Kinderarzt, Zahnarzt, Kindergarten, später Schule, Freizeit, Familienkontakte. Ich lernte viele neue Dinge, wie zum Beispiel Haare zu flechten, Nägel zu lackieren, Pyjama-Partys zu organisieren, Elternversammlungen zu besuchen und Sommerfeste zu planen.

Der Kontakt zu Sydney war und blieb zunächst minimal. Erstaunlicherweise war sie nicht nach wenigen Tagen zurückgekommen, ich vermutete einen neuen Beziehungspartner. Sie meldete sich fast nur, wenn sie etwas brauchte beziehungsweise forderte. Trotzdem schickte ich ihr weiterhin monatlich Geld – obwohl ich selbst kaum genug hatte und keinerlei Unterstützung erhielt.

Eines Tages eröffnete sie mir völlig unvermittelt – warum auch immer – dass sie die Schwangerschaft damals absichtlich herbeigeführt hatte. Ihr Plan sei gewesen, jemanden zu heiraten, um mit ihm von Brasilien ins Ausland – in die USA oder nach Europa – zu ziehen. Sagte sie wolle nie wieder zurück, deshalb müsse ich mir keine Sorgen um unsere Tochter machen. Ich hatte sie weder danach gefragt, noch das Thema überhaupt angesprochen.

Rückblickend erkannte ich, dass sie bereits früh instinktiv meine tiefe Sehnsucht nach Harmonie, Zuneigung und Liebe erkannt und gezielt ausgenutzt hatte – mit ihrer Intelligenz, ihrem Charme und ihrer rücksichtslosen Berechnung. Ich erinnerte mich noch genau an den Abend, an dem sie höchstwahrscheinlich schwanger geworden war: Sie hatte mit Hilfe von Freunden eine Feier in einem alten Herrenhaus organisiert, einst im Besitz von Plantagenbesitzern.

Ein damaliger Freund von uns sollte das Gebäude eigentlich nur bewachen, doch sie arrangierte, dass wir beide im ehemaligen Schlafzimmer der Hausherren übernachten konnten. Alkohol floss reichlich, sie besorgte sogar Cannabis. Normalerweise achtete ich immer strikt auf Verhütung – deshalb erinnerte ich mich so genau. Später machte sie sich offen darüber lustig, einer dieser Momente, in denen ich nur noch Mitleid für sie empfand.

Nach meinem Auszug aus der gemeinsamen Wohnung quartierte ich mich zunächst provisorisch im Gästezimmer im Dachboden bei meiner Mutter und ihrem Lebensgefährten ein – eine schwierige Situation, die sich schnell verschlimmerte. Jeden Abend betranken sie sich und versuchten sich gegenseitig darin zu überbieten, mich in meiner ohnehin schon belastenden Lage weiter zu demütigen.

Schließlich zog ich mit meiner Tochter in die Nordstadt – eine ruhige kleine Wohnung mit geräumigem Balkon und guter Anbindung. Doch ihre Mutter zog sich, obwohl sie uns jederzeit besuchen konnte und ich sie sogar zum Essen einlud, immer weiter zurück. Innerhalb weniger Wochen kümmerte sie sich gar nicht mehr um meine Tochter.

Währenddessen blieb mir keine Wahl: 2011 kündigte ich meinen Vollzeitjob und begann alsbald zum Wintersemester ein Studium. Jeden Tag brachte ich meine Tochter zur Kita in Neuss-Süd, fuhr mit der S-Bahn zu Vorlesungen in Köln und holte sie später wieder ab. Da ich selbstverständlich aufgrund der Kita-Zeiten nicht alle Vorlesungen und

Studienveranstaltungen besuchen konnte, lernte ich nachts – doch trotz dieser Belastung – die ich angenehm und zusätzlich neben meiner Vaterschaft als erfüllend empfand – fand ich endlich auch die Energie, mich voll und ganz um meine Tochter zu kümmern.

Doch dann machte ich einen Fehler: Ich ließ mich überreden, in die zuvor genannte Wohnung im Haus meiner Mutter zu ziehen – trotz aller schlechten Erfahrungen. Meine Mutter wusste, dass ich Unterstützung gebrauchen konnte und versprach – erneut – mich bei der Betreuung meiner Tochter zu unterstützen. Zunächst schien es sogar zu klappen – wir hatten eine dauerhaft glückliche Zeit, endlich unbeschwert und frei – es sollten die schönsten und unbeschwertesten Jahre meines Lebens folgen.

Sydney lebte mittlerweile tatsächlich bei ihrem neuen Lebensgefährten in den Niederlanden, obwohl sie in Deutschland gemeldet blieb und Sozialleistungen für sich und unsere Tochter hinterzog, wie ich später erfuhr, da ausgerechnet ich es zurückzahlen musste. Ich überwies ihr weiterhin »Kindergeld«, obwohl sie kaum Kontakt zu unserer Tochter hielt, um bloß jede weitere Eskalation zu vermeiden.

Manchmal verabredete Sydney sich mit uns, sagte dann aber kurzfristig ab oder erschien einfach nicht – während wir warteten oder schon auf dem Weg waren. Für meine Tochter war das zutiefst verwirrend und verletzend. Irgendwann vermied ich es meinerseits den Kontakt zu suchen, zumal Sydneys Gegenwart oft toxisch war und ich ihre Drohungen ernst nehmen musste.

Nach einigen Monaten Funkstille meldete sich Sydney unvermittelt mit einer überraschenden Ankündigung: Ihr Onkel mütterlicherseits würde sie besuchen kommen, und sie fragte, ob ich mit ihm und unserer Tochter etwas Sightseeing unternehmen könnte – sie selbst habe weder Zeit noch Lust, sich mit ihrem Onkel zu beschäftigen.

Ihren Onkel mütterlicherseits hatte ich bereits kennengelernt, da er gelegentlich zum Churrasco, dem traditionellen Grillfest einlud, wie es in brasilianischen Familien üblich ist. Sydney nahm mitsamt ihrer Mutter Rozy und ihrer Schwester Márcia ebenfalls daran teil, wie sie sich auch gelegentlich zum Strandhaus von anderen Verwandten einladen ließen.

Doch hinter vorgehaltener Hand zerrissen sie dieselben Verwandten auf die widerlichste Weise ihre Münder – ein Verhalten, das mir nur allzu vertraut vorkam. Der Onkel selbst hatte sich nach der Schule durch harte Arbeit den Weg an die Universität erkämpft, war schließlich als Anwalt erfolgreich geworden und führt nun ein solides mittelständisches Leben in São Paulo.

Doch statt Anerkennung erntete er von seinen Geschwistern, insbesondere Sydneys Mutter und deren Töchter nur Verachtung – sie brandmarkten ihn als »Geizhals«, weil er sie nicht mit völlig illusorischen Luxuswohnungen, teuren Geschenken und großen Geldsummen versorgte.

Diese absurde Anspruchshaltung offenbarte einmal mehr den völlig fehlenden Realitätssinn und den schwachen Charakter dieser Personen. Während der Onkel sich durch Fleiß und Bildung eine Existenz aufgebaut hatte, erwarteten sie einfach, dass er seinen überschätzten Erfolg mit ihnen teilen würde – ohne selbst je etwas dafür geleistet zu haben.

Da Sydney sich ohnehin rar machte, verbrachten meine Tochter und ich fast täglich Zeit mit dem Onkel während seines Urlaubs in Deutschland, besuchten verschiedene Städte und genossen die gemeinsamen Ausflüge – ohne Sydneys negative Präsenz.

Meine Tochter hatte inzwischen eine beste Freundin, mit der sie viel Zeit verbrachte – in der Kita, bei uns zu Hause, oder bei ihrer Familie, mit den Eltern freundete ich mich bald auch an. Wir organisierten Pyjamapartys mit Zelt oder Hängematte im Wohnzimmer, ich kochte gerne für die Kinder und veranstaltete Burger- oder Pizza-Abende.

Wir unternahmen Ausflüge, feierten Weihnachten und Silvester gemeinsam mit der Familie ihrer Freundin – bis meine Tochter eines Tages begann sehnsüchtig vorzutragen, sie wolle auch eine Mama haben.

Wenn wir unterwegs waren, zum Beispiel in der S-Bahn oder U-Bahn, kam es vor, dass sie versuchte mich mit wildfremden Frauen zu verkuppeln: »Das ist mein Papa, der ist sehr lieb...«

Tatsächlich lernte ich später jemanden kennen – auch wenn es wegen meiner knappen Freizeit schwierig war, eine Partnerschaft einzugehen.

BRUCH

Anfangs versuchte ich gelegentlich, meine Tochter bei ihrer Oma zu lassen – ein Vorhaben, das sich schnell als problematisch erwies. Meine Mutter verhielt sich zunehmend übergriffig und grenzüberschreitend, während ihr Lebensgefährte (und baldiger Ehemann) sich als denkbar ungeeigneter Umgang für Kinder entpuppte.

Nur ein einziges Mal wagte ich es, länger auszugehen – anlässlich des zehnjährigen Klassentreffens meines Gymnasiums. Ich hatte alles sorgfältig vorbereitet: Es war vereinbart, dass meine Tochter bei Karen übernachten sollte, die mir selbstbewusst versichert hatte, als dreifache Mutter natürlich alles im Griff zu haben und ein Bettchen für meine

Tochter in ihrem Schlafzimmer neben dem Bett hergerichtet hatte, wie sie mir zeigte.

Doch die Realität sah anders aus. Auf der Heimfahrt erreichte mich eine verstörende Sprachnachricht – mit gelallten Morddrohungen, offensichtlich verfasst von dem völlig betrunkenen Ehemann meiner Mutter, der dafür bekannt war, seinen eigenen Sohn als Kind ständig alleine zuhause gelassen zu haben, um seine Zeit in einer Kneipe zu verbringen. Als ich schließlich zu Hause eintraf, bot sich mir ein chaotisches Bild: Entgegen unserer Absprache hatte meine Mutter meine Tochter einfach in meine Wohnung gebracht und ins Bett gelegt. Sie selbst war – wahrscheinlich wie so oft ebenfalls betrunken – auf dem Sofa eingeschlafen.

Als sie in den frühen Morgenstunden erwachte, nachschaute und feststellte, dass meine Tochter nicht mehr in meiner Wohnung war, alarmierte sie voreilig die Polizei. Was wirklich geschehen war, kam erst kurze Zeit später ans Licht: Meine Tochter war aufgewacht – zum ersten Mal seit Monaten ohne mich – und hatte so laut geschrien, dass meine Tante aus dem Untergeschoss es hörte. Sie eilte nach oben, fand meine Wohnungstür nur angelehnt vor und nahm das verängstigte Kind zu sich.

Diese rettende Intervention meiner Tante verhinderte Schlimmeres. Doch anstatt dankbar zu sein, demütig ihr Fehlverhalten einzugestehen, attackierte meine Mutter sie hinterher – natürlich nicht direkt, sondern auf feige Weise hinter ihrem Rücken.

Die Ereignisse dieser Nacht bestätigten meine schlimmsten Befürchtungen. Was als harmloser Abend mit ehemaligen Klassenkameraden begann, endete in einem Albtraum, der mir schmerzhaft vor Augen führte, wie unzuverlässig meine eigene Mutter war. Ihr grob fahrlässiges Verhalten meiner Tochter gegenüber – das Einschlafen in betrunkenem Zustand, die voreilige Polizeialarmierung und vor allem die hinterhältigen Angriffe auf meine Tante – zeigten deutlich, dass sie keine verantwortungsvolle Betreuungsperson darstellt.

Für meine Tochter bedeutete diese Nacht ein traumatisches Erlebnis: Allein aufzuwachen ohne vertrauter Bezugsperson, als sie vermutlich bloß auf die Toilette oder etwas trinken wollte. Dass sie so laut schrie, bis Hilfe kam, spricht Bände über ihren Schrecken in dieser Situation. Die Tatsache, dass meine Wohnungstür nur angelehnt war, hätte zudem fatale Folgen haben können – ein Sicherheitsrisiko, das mir den Atem stocken ließ, als ich später davon erfuhr.

Meine Tante handelte instinktiv richtig, als sie das verängstigte Kind zu sich nahm. Dass sie dafür später von meiner Mutter attackiert wurde, zeigt nur, wie verzerrt die Prioritäten meiner Mutter waren: Statt sich um das Wohl des Kindes zu sorgen, kümmerte sie sich nur um ihren eigenen Ruf. Ganz wie Sydney, auch in diesem Punkt – Verantwortungslosigkeit – ähneln sie einander ebenso, wie in manch anderen Charakterzügen.

Auch dieser Vorfall markierte einen Wendepunkt in meinem Leben, nie wieder würde ich meiner Mutter blind vertrauen können.

Doch hätte mich dies nicht überraschen dürfen, zuvor, als ich vorübergehend im Gästezimmer auf dem Dachboden meiner Mutter wohnte – bevor ich mit meiner Tochter in eine eigene Wohnung zog und dann, in einer naiven Hoffnung auf Versöhnung, in ihr Haus zurückkehrte – hatte sie mich regelmäßig beschimpft und beleidigt.

Im allabendlichen Weinrausch stachelten sie und ihr Mann sich gegenseitig an, als ginge es um einen Wettbewerb, wer mich mehr demütigen konnte. Offenbar brauchten beide das, um ihre kaputten Egos aufzupolieren.

Ich wurde behandelt wie ein Dienstbote, Enkel-Sitter, Hausmeister und Lieferant in einer Person, den man nicht einmal zu grüßen brauchte, sondern nur herablassend abkanzeln musste.

Besonders absurd war der Weihnachtsabend, als ich mich kurz zur Toilette entschuldigt hatte: Kaum war ich weg, inszenierten sie hastig die Bescherung ohne mich, drängten meine Tochter, ihre Geschenke auszupacken, bevor ich zurückkam. Die Botschaft war klar: Ich gehörte nicht wirklich zur Familie.

Als ich verletzt reagierte, wurde ich wieder als »überempfindlich« tituliert – genau wie zum Beispiel an meinem Geburtstag, den meine Mutter uneingeladen mit ihrer störenden Anwesenheit und unverschämten Art absichtlich ruiniert hatte.

Zuvor hatte sie es trotz meiner Bedenken geschafft, mit meiner Tochter – damals noch klein – ohne mich in Urlaub zu fliegen, während ich in der Klausurphase steckte, sodass ich nicht mitkommen konnte. Während des später folgenden zweiten Gerichtsverfahrens wiederholte sie dieses Spiel dann, verreiste aber gemeinsam mit Sydney. Offenbar merkte sie nicht, dass sie nur eine Figur in Sydneys perfidem Spiel war.

An einem Abend als meine Tochter noch bei mir lebte, zeigte sich erneut das bekannte Muster: Meine Mutter hatte offenbar nur darauf gewartet, dass ich von der Arbeit nach Hause komme, um ihren Krawall zu beginnen.

Statt mich um mein Kind und den Haushalt kümmern zu können, wurde ich sofort mit aggressivem Verhalten konfrontiert. Ohne Vorwarnung und ohne Rücksicht auf Verletzungen schleuderte sie mir schwere, rostige, verdreckte Gartengeräte entgegen – ich trug noch mein Bürohemd – und untermauerte diese Attacke mit verlogenen, widerwärtigen Kommentaren, offensichtlich darauf aus, mich vor den Nachbarn bloßzustellen, bevor sie sich wieder umgehend zurückzog.

Als ich sie anschließend unter vier Augen zur Rede stellen wollte, reagierte sie wie gewohnt: Sie flüchtete feige und knallte mir die Tür vor der Nase zu. Dabei hatte ich im Gegensatz zu meinem acht Jahre jüngeren Bruder, der noch immer bei seiner Mutter lebte und keinerlei Verantwortung für ein Kind trug, stets alle Türen offengehalten.

Während er sich um nichts kümmerte und sich von unserer Mutter bedienen ließ, erfüllte ich alle Erwartungen – und mehr. Doch egal, was ich tat, es war nie genug, und ich wurde fortwährend für dumm verkauft.

All dies stemmte ich alleinerziehend, als Hausmann und Student, belastet durch die ständigen Problemen mit der verhaltensauffälligen Mutter meiner Tochter und allen anderen familiären Verpflichtungen.

Mein Bruder, der sich nie eigeninitiativ um Kontakt zu seiner Nichte bemüht hatte und ohnehin ein angespanntes Verhältnis zur Familie pflegte, zog wenige Jahre später nach Köln zum Studium – das er schnell abbrach, um sich ganz seiner Tätigkeit als Tätowierer zu widmen.

Dies nutzte er als Vorwand, den Kontakt zur gesamten Familie abzubrechen: zu unserem Vater, unserer Tante, zu mir und seiner Nichte. Nur zu seiner Mutter hielt er losen Kontakt – schließlich unterstützte sie ihn weiter finanziell.

Sogar den Kontakt zu unserer Großmutter, die sich während seiner Kindheit intensiv um ihn gekümmert hatte, brach er ab. Während wir beiden älteren Brüder früh auf uns gestellt waren – unser Vater arbeitete, unsere Mutter studierte – wurde er von ihr verwöhnt. Doch ließ er sie im Stich, bis heute.

Stattdessen ließ er sich von unserer Mutter – die er stets »Mutti nannte, während ich sie seit Kindheitstagen auf ihren ausdrücklichen Wunsch beim Vornamen nennen musste – aufstacheln und behauptete plötzlich dreist, ich würde ihm den Kontakt zu seiner Nichte verwehren.

Dabei hatte er selbst nie Interesse gezeigt, wenn ich mich meldete, tat er als gewähre er mir einen Gefallen, hatte dann seine Handynummer und Adresse gewechselt, ohne neue Kontaktdaten zu hinterlassen, und schlicht ignoriert, als ich ihn per E-Mail zur Rede stellen wollte.

Sein nächster Zug war ebenso absurd wie charakteristisch: Über unseren Vater ließ er ausrichten, ich solle mit meiner Tochter zu ihm in die Wohnung unserer Mutter kommen. Eine groteske Forderung, die zweifellos von ihr inspiriert war – doch als erwachsener Mann trug er natürlich selbst die Verantwortung für dieses erbärmliche Verhalten.

Statt Haltung zu zeigen, wiederholte er nur die üblichen Muster: Feigheit und Lügen, angeleitet von derselben Person, die schon unser ganzes Leben lang für Ausgrenzung und Konflikte sorgte.

In diesen Jahren lastete zusätzlich zu meinen eigenen Belastungen die Verantwortung für meinen zwei Jahre jüngeren Bruder auf mir. Seit seiner Kindheit hatte er massive Konflikte mit unseren Eltern, besonders mit unserer Mutter, die sich über Jahre hinweg in Provokationen und Demütigungen ihm gegenüber entluden.

Die Spannungen eskalierten schließlich so weit, dass er unsere Mutter einige Jahre zuvor körperlich attackiert hatte. Sein Leben war geprägt von schweren psychischen Problemen, die bis in seine frühen Kinderjahre zurückreichten, und seit der Jugend kam eine Drogenabhängigkeit dazu, die alles noch verschlimmerte.

Auch in dieser Situation wurde ich wieder in verschiedene Rollen gedrängt: Handwerker, Putzkraft, Pfleger und Nothelfer in einer Person. Ich erinnere mich genau an einen dieser Tage, als meine Mutter mich vor seiner Wohnung absetzte.

Sie blieb mit meiner Tochter im Auto sitzen, während ich die Treppen hinaufsteigen sollte, um mich um ihn zu kümmern. Ihre Worte brannten sich ein: Ich solle mich alleine »darum« kümmern, schließlich wolle sie ihren Sohn nicht tot in seiner Wohnung vorfinden. So deutlich, so kalt formulierte sie ihren Auftrag an mich, ohne Raum für Widerrede.

Es überraschte wohl niemanden, dass ich mich auch weiterhin zunehmend von meiner Mutter distanzierte – doch trotz allem, den Kontakt zwischen ihr und ihrer Enkelin unterband ich nicht, dennoch klagte sie mich unehrlicherweise weiter diesbezüglich an. Ich setzte lediglich klare Grenzen: Keine

Übergriffe mehr, stattdessen verbindliche Absprachen.

Doch statt Einsicht zeigte sie neue Seiten. Plötzlich verlangte sie eine Mieterhöhung und überschüttete mich mit peinlich formulierten Vermieterbriefen, die offiziell wirken sollten und in denen sie mich »siezte«, die allerdings von Rechtschreibfehlern, Formalia-Unkenntnis und sogar falschen Angaben – wie beispielsweise dem Geburtsjahr ihres ersten Kindes – durchsetzt waren.

Dabei war sie selbst nie der Erfüllung ihrer Vermieterpflichten nachgekommen, ganz im Gegenteil, mit Forderungen hat sie mich seit jeher bedacht. Die Wohnung war schon vor meinem Einzug renovierungsbedürftig, und ich hatte auf ihre Anweisung eigenhändig das Badezimmer neu gefliest, gekachelt, Waschbecken und Duscharmaturen eingebaut und unzählige andere Arbeiten verrichtet, für die sie lediglich die Materialkosten übernommen hatte.

Währenddessen hielt sie meine Brüder mit Geld und materiellen Zuwendungen bei Laune – der eine ein bequemer Nutznießer, der andere gar abhängig von Drogen. Rückblickend traf es mich wohl vermutlich noch am besten. Meine Rolle beschränkte sich jedoch nicht auf Handwerkerdienste. Ich wurde zum Boten degradiert, der zwischen ihr und meinem Vater hin- und herlaufen musste, Meinen Vater, den sie selbst ständig als ihre »Lebenslüge« bezeichnete – ein Begriff, den sie provokativ wieder und wieder in den Raum warf, ohne zu ermüden immer auf eine Reaktion lauernd.

Seit Jahren führten die beiden einen traurigen Rosenkrieg. Ich ließ mich nicht darauf ein, mich in ein Lager hineinziehen zu lassen. Doch dann fand sie eine neue Verbündete: Sydney, die einst geächtete Mutter meiner Tochter. Plötzlich schenkte sie ihr bereitwillig und berechnend Aufmerksamkeit und Glauben, insbesondere als diese behauptete, ich sei gewalttätig.

Eine bittere Ironie, denn eine meiner frühesten Kindheitserinnerungen ist, wie meine Mutter mich als kleines Kind mit voller Wucht ins Gesicht schlug. Als ich mich damals meiner Oma mütterlicherseits anvertraute, drehte sie meine Worte geschickt um und redete mir auf besonders hinterhältige Weise Schuldgefühle ein, die mich lange verfolgen sollten.

Schon als Kind hatte ich ihre Unzufriedenheit und ihr Versagen ausbaden müssen. Kein Wunder, dass ich früh auszog und später sogar das Land verließ.

Jetzt aber schien sie zu glauben, ich würde tatenlos zusehen, wie sie auch meine Tochter emotional missbrauchte, nur um ihre eigenen Defizite zu kompensieren. Eines war klar: Sie verstand nicht – oder wollte nicht verstehen – was natürliche Elternliebe bedeutet.

Das erklärte vieles: ihren kaputten Charakter, die narzisstischen Züge, ihre Unfähigkeit, Verantwortung zu übernehmen. Doch rechtfertigen kann es nichts. Weder das, was sie getan hatte, noch das, was sie weiterhin tat. Ihre Schuld bleibt, auch wenn sie diese beharrlich von sich weist.

ZERRISSENHEIT

Meine neue Freundin verstand sich glücklicherweise ganz wundervoll mit meiner Tochter. Wir verbrachten viel Zeit zu dritt, gingen schwimmen, kochten zusammen, unternahmen Ausflüge in den Wald oder an den See. Meine Tochter begann, meine Leidenschaft fürs Kochen und Backen zu teilen, und zu ihren Geburtstagen wünschte sie sich immer den selbstgemachten Schokoladenkuchen mit Smarties von Papa, zusätzlich zu einer Motiv-Torte für Kita oder Schule – versteht sich.

Wir gingen ohnehin regelmäßig an den Wochenenden ins Schwimmbad, nun auch manchmal in Begleitung meiner Freundin, zum Beispiel wenn die beste Freundin meiner Tochter keine Zeit hatte.

Meine Tochter begann, meine Leidenschaft zum Kochen und Backen zu teilen; wir verbrachten viel Zeit im Wald, auf dem Abenteuerspielplatz und Bauernhof. Sie lernte Radfahren, und bei schönem Wetter ruderten oder grillten wir am See. Bei schlechtem Wetter gingen wir ins Kino oder in Museen.

Wenn wir Zeit und ein bisschen Geld übrig hatten, unternahmen wir Schiffsfahrten, fuhren in die Berge oder zelten und wandern. Meine Tochter liebte es auch, Burgen und Ritterspiele zu besuchen, insbesondere mit Prinzessinnen-Kleidchen, Holzschwert, Augenklappe und Plüschpapagei.

Wir verbrachten viele wertvolle Stunden mit meiner Tante und meinen Großmüttern, insbesondere mit meiner Oma väterlicherseits, die für meine Tochter eine echte und heißgeliebte Großmutterfigur wurde. Zwischen den beiden entwickelte sich ein besonders inniges und herzliches Verhältnis, das für meine Tochter zu einer wichtigen Stütze wurde. Diese familiären Bindungen vertieften sich durch regelmäßige gemeinsame Aktivitäten.

Wir trafen uns oft mit meiner Tante, meinem Vater und in den ersten Jahren noch mit meinen beiden Geschwistern, verbrachten die wichtigsten Feiertage zusammen in großer gemeinsamer Familienrunde. Meine Tochter genoss alles sichtlich, sie blühte immer mehr auf, während sie größer wurde und sich damals noch prächtig entwickelte.

Mein Vater lebte damals in der Nähe mit seiner Lebensgefährtin, deren Tochter mit der Zeit so etwas wie eine große Schwester für mein Kind wurde – ebenso wie der Familienhund. Diese Treffen gestalteten sich immer besonders harmonisch und lustig, es wurde viel gelacht. Wir feierten gemeinsam, veranstalteten gemütliche Grillabende im Garten oder Fondue im Winter, spielten zusammen oder verfolgten die Fußball-WM, meine Tochter schenkte ausgelassen die Flagge im Trikot und mit Fan-Schminke auf den Wangen. Ausflüge aufs Land gehörten ebenso zu unseren Aktivitäten wie lange

Spaziergänge mit dem Hund oder gemeinsame Abendessen.

Jedes dieser Zusammenkünfte stärkte die Bindung zwischen meiner Tochter und diesem Teil der Familie. Während meine Oma väterlicherseits ihr bedingungslose Liebe und Geborgenheit schenkte, fand sie in der Tochter von Vaters Lebensgefährtin eine vertrauensvolle Spielkameradin und Bezugsperson. Selbst der Hund wurde zu einem wichtigen Gefährten für meine Tochter.

Diese familiären Momente bildeten einen wohltuenden Kontrast zu den turbulenten Erfahrungen mit Sydneys Familie. Während dort Spannungen und Konflikte dominierten, erlebte meine Tochter hier familiäre Normalität und ungezwungene Herzlichkeit im Kreise vertrauter Bezugspersonen. Ohne Zwang oder künstliche Bemühungen entwickelten sich diese engen Beziehungen, die ihr Stabilität und Sicherheit gaben.

Die gemeinsamen Mahlzeiten, die Ausflüge und die entspannten Couch-Abende mit Familie vor dem Fernseher schufen Erinnerungen, die für meine Tochter damals prägend waren. Diese Zeit offenbarte, wie wichtig solche normalen familiären Bindungen für die Entwicklung meiner Tochter waren. Jedes gemeinsame Lachen, jeder Ausflug, jedes gemütliche Beisammensein war ein weiterer Schritt weg von den belastenden Erfahrungen der Vergangenheit und hin zu einer stabileren, glücklicheren Kindheit.

Zu meiner Mutter hielt ich vorsichtig Kontakt mit meiner Tochter, aber nur unter klaren Absprachen und selten ohne Aufsicht; ich ließ sie dort nicht mehr über Nacht.

Wie bereits erwähnt, etwa 2011 lernte Sydneys Mutter nach mehreren kurzlebigen Partnerschaften ihren wohlhabenden Lebensgefährten kennen, ganz bald lebten sie fest zusammen in den Niederlanden. Zunächst wohnten sie gemeinsam in einem Haus nahe seinem Taxiunternehmen, das er von seinem Vater geerbt hatte – auch Jahre später tauchte diese Adresse auf ihren Unterlagen im zweiten deutschen

Gerichtsverfahren auf. Später kaufte er ein größeres Haus in Uden, wo sie dann gemeinsam hinzogen. Die Beziehung gestaltete sich offenbar stabiler als ihre vorherigen Partnerschaften.

Diese Entwicklung vollzog sich parallel zu unserem Leben in Deutschland. Während wir unseren Alltag meisterten und unsere gemeinsamen Zeiten genossen, baute Sydneys Mutter in den Niederlanden eine neue Existenz auf – finanziell abgesichert durch ihren Partner, allerdings weiterhin das deutsche Sozialsystem ausnutzend, wie sich später unangenehm herausstellen sollte.

Lange Zeit nachdem Sydney sich aus dem Leben zurückgezogen hatte – Ende 2013 – erreichte mich ein Formular in meinem E-Mail-Postfach – mit der Aufforderung, es zu unterzeichnen und somit Sydney und ihrem Partner die Erlaubnis zu geben, mit unserer Tochter über den Jahreswechsel nach Brasilien zu reisen, damit ihre Familie ihren neuen Mann kennenlernen konnte. Die Forderung kam völlig unerwartet, nach mehr als zweieinhalb Jah-

ren, in denen sie sich kaum um meine Tochter gekümmert hatte – durchgehend aber weiterhin das
Kindergeld von mir verlangte. Selbstverständlich
konnte sie ihre Familie nicht ohne Tochter und Geschenke besuchen.

Doch obwohl meine Tochter noch nie länger als
ein paar Tage von mir getrennt gewesen war, unter-
schrieb ich wider besseren Wissens. Ich verspürte
ein ungutes Gefühl, eine schwere Vorahnung, dass
die lange erwarteten Probleme nun massiv zurückkehren würden, und erlaubte trotz meiner schweren
und begründeten Bedenken die Brasilienreise.

Sydney bedankte sich überschwänglich und sagte
mir zum wiederholten Mal, was für ein toller Vater
ich sei, und dass sie mir unsere Tochter niemals
wegnehmen würde. Als ich sie mit flauem Gefühl
in der Magengegend an ihre gegenteiligen Aussagen aus der Vergangenheit erinnerte, lachte sie nur.
Daraufhin schwieg ich, aber ich dachte mir meinen
Teil.

Als sie zurückkamen, bekam ich kaum Infos; nur meine Tochter erzählte ein kleines bisschen. Anscheinend war nicht allzu viel unternommen worden, oder sie wollte nicht berichten. Sie hatte kaum Bräune bekommen, obwohl dort Sommer war. Sie war froh, wieder zu Hause zu sein, wollte sofort einiges unternehmen und einige ihrer Lieblingsmenschen treffen. Es gab allerdings keine Fotos und keine Andenken, nichts.

Von meiner Tochter erfuhr ich noch, dass Sydneys Lebensgefährte Brasilien vorzeitig verlassen hatte, weil er es dort »nicht ausgehalten« hatte. Als ich Sydney fragte, was vorgefallen sei, schob sie es offensichtlich peinlich berührt kurzerhand auf die Hitze und die Sonne, die er nicht vertragen habe.

Doch trotz aller bisherigen Erfahrungen sorgte ich ab 2014 aktiv dafür, dass der Kontakt zwischen unserer Tochter und ihrer Mutter nicht abriss. Diese Entscheidung ging von mir aus – angeregt einerseits durch meine damalige Freundin, die mehr Zeit zu zweit mit mir alleine verbringen wollte (wir sprachen darüber, künftig weitere Kinder zu haben), aber auch durch meinen Freundes- und Familienkreis, die der Meinung waren, Sydney müsse sich mittlerweile gefangen haben. Außerdem, so das Argument, könne unsere Tochter inzwischen selbst artikulieren, wenn etwas nicht in Ordnung sei.

Die Realität sah jedoch wie gewohnt anders aus. Sydneys Engagement blieb so unverbindlich und unzuverlässig wie eh und je. Sie überschüttete unsere Tochter mit Versprechungen, die sie nicht einhielt – ein Verhaltensmuster, das sich konsequent fortsetzte. Besonders schmerzhaft für unser Kind war ihre Abwesenheit bei der Einschulung, obwohl unsere Tochter sie immer wieder darum gebeten und Sydney es mehrfach zugesagt, gar versprochen hatte. Diese Enttäuschung saß sehr tief, denn es war unserer Tochter ein sehr wichtiges Anliegen gewesen, dass beide Eltern dabei sind, als sie mit den anderen Kindern zusammen eingeschult wurde.

Ich versuchte wie gewohnt, Sydney gegenüber unserer Tochter zu verteidigen – eine Haltung, die ich ausschließlich zum Wohle des Kindes einnahm. Sydney jedoch scheint diese Fähigkeit – zum Wohl des Kindes über die eigenen Bedürfnisse hinauszublicken und Kompromisse einzugehen – trotz ihrer Intelligenz fundamental zu fehlen.

Wochenlang trug unsere Tochter ihrer Mutter diese Enttäuschung nach. Immer wieder fragte sie mich, warum ihre Mama ständig lüge. Meine Erklärungsversuche – dass Sydney wohl etwas dazwischengekommen sei, dass es ganz sicher keine Absicht gewesen sei – verfingen diesmal nicht. Die Kränkung war zu tiefgreifend.

Immerhin konnte sich unsere Tochter über die Anwesenheit ihrer Omi – meiner Großmutter väterlicherseits – und mich selbst bei der Einschulung freuen. Diese verlässlichen Bezugspersonen bildeten einen wichtigen emotionalen Anker, auch wenn wir Sydneys Abwesenheit nicht vollständig kompensieren konnten.

Jedes nicht eingehaltene Versprechen, jeder ausgefallene Besuch hinterließ sichtbare Spuren. Mittlerweile bereute ich gar, Sydney wieder stärker in das Leben unserer Tochter eingebunden zu haben. Während ich mich bemühte, unserer Tochter Stabilität und Verlässlichkeit zu bieten, wurde dieses Fundament durch Sydneys unberechenbares Verhalten immer wieder erschüttert. Besonders perfide war dabei ihr Muster, unsere Tochter mit verlockenden Zusagen zu ködern und ihre Aufmerksamkeit und ihren Zuspruch zu bekommen, nur um sie dann erneut im Stich zu lassen – eine Dynamik, die sich über die Jahre weiter hinziehen sollte und das Grundvertrauen unserer Tochter nachhaltig beschädigte.

Das Fehlen bei der Einschulung bedeutete für unsere Tochter in dieser Hinsicht eine erste harte Zäsur. Zum ersten Mal und danach immer wieder durchschaute unsere Tochter Sydneys Verhalten bewusst und artikulierte ihre Enttäuschung deutlich. Meine wohlmeinenden Beschwichtigungsversuche stießen an ihre Grenzen – das Kind spürte instinktiv, dass hier mehr im Spiel war als bloße unglückliche Zufälle. Während Sydney unbeirrt in ihrer Welt der leeren Versprechungen verharrte, blieb es an mir, die emotionalen Scherben zu kitten und unserer Tochter den Halt zu geben, den sie so dringend brauchte.

Doch die Situation eskalierte weiter. Nach einem heftigen Streit drückte Sydneys Lebensgefährte ihr überraschend viel Geld in die Hand – etwa zweitausend Euro – und warf sie – weniger überraschend – hinaus. Plötzlich stand sie eines abends im Juni 2014 unangekündigt vor unserer Tür, während draußen der Sommersturm Ela mit zerstörerischer Wucht tobte, und wedelte theatralisch mit dem Geld in der Hand.

Ich ließ sie zunächst bei uns unterkommen – eine Entscheidung, die sich schnell als weiterer Fehler erwies. Innerhalb weniger Tage verwandelte sie unser Leben erneut in eine Hölle. Unsere Tochter war völlig überfordert und durcheinander, kam in der

Schule nicht mehr mit, und es wurde zu einem Kampf, sie morgens völlig übermüdet überhaupt dorthin zu bekommen.

Sydney verbrachte die Tage wie früher im Bett und vor dem Spiegel, kommandierte uns im gewohnten Ton herum. Ihr Verhalten wurde wieder so unerträglich, dass ich sie schließlich wieder hinauswarf – nach etwa anderthalb Wochen, da sie von selbst nicht nach zwei bis drei Tagen gehen wollte, wie sie es angekündigt und fest vereinbart hatte.

Die Ironie folgte prompt: Kurz darauf vertrug sie sich wieder mit ihrem Lebensgefährten, als sei nichts geschehen, und er bezahlte ihr den Führerschein. Dieser Vorfall offenbarte das ganze Ausmaß der Instabilität.

Sydney offenbarte erneut ihr wahres Gesicht. Ihr plötzliches Auftauchen, die chaotischen Tage bei uns und die schnelle Versöhnung – alles folgte einem vertrauten Muster von Impulsivität und Verantwortungslosigkeit. Dabei wurde unsere Tochter vernachlässigt, während Sydney kurze Zeit später wieder in ihr voriges Leben in den Niederlanden zurückkehrte. Diese irrationalen Wechsel charakterisierten die Situation treffend – ein ständiges Hin und Her ohne Rücksicht auf die Konsequenzen, besonders für das Kind.

Auch Sydneys Lebensgefährte zeigte Prioritäten, die mir bis heute unverständlich bleiben. Wie sie mir selbst klagte, kalkulierte er penibel Benzinverbrauch und Reifenabrieb, wenn Sydney sie abholen fuhr – seiner Einstellung zufolge war diese skurrile Gewichtung ganz offensichtlich wichtiger als die Schulbildung unserer Tochter.

Besonders absurd wirkte die Diskrepanz: Da wurde minutiös Benzinverbrauch berechnet, während zuvor große Summen im Streit übergeben wurden, um sie loszuwerden.

HEUCHELEI

Die Großmutter – meine Mutter – hatte sie sich monatelang nicht gemeldet, dann tauchte sie unvermittelt während einer Feier bei meiner Tante auf. Sofort nahm sie gewohnt übergriffig meine Tochter in Beschlag, forderte sie allen Ernstes lautstark auf, vor allen Anwesenden Matheaufgaben zu lösen, anstatt sie weiter mit den anderen Kindern spielen zu lassen.

In dieser angespannten Situation kam sie plötzlich auf die Idee, mich verkrampft aufzufordern, sie kurz darauf in ihrer Wohnung zu treffen. Als ich nachfragte, worum es ginge, erklärte sie, sie habe mir gar nichts zu sagen, sondern wolle lediglich eine »Versachlichung der Situation« gemäß ihrer Konditionen erklären.

Allein dieser absurd gewählte Ausdruck wäre schon lächerlich genug gewesen. Doch sie beendete das Gespräch sofort und warf mich hinaus, als ich ihr entgegnete, wir hätten zunächst einiges zwischen uns zu klären.

Wie immer zeigte sie sich völlig uneinsichtig, unfähig, Konflikte zu lösen – es sei denn, man lässt sie sich in ihrer bevorzugten demonstrativ überlegenen Opfer- oder Gönnerrolle präsentieren.

Dieses Verhalten passte genau zu ihren regelmäßigen Weinrausch-Erzählungen über ihre angebliche jüdische und russische Herkunft, mit denen sie sich als vermeintliches Opfer einer bösen patriarchalichen Welt stilisierte, oder zu ihren endlosen und realitätsfernen Klagen über ältere und jüngere Generationen, wobei sie allen Ernstes einforderte, dass ich mich stellvertretend für sämtliche jüngeren Generationen ihr gegenüber rechtfertigen sollte und provozierend spöttelte, wenn ich dies wohlweislich vermied.

Bevor es zu der Szene während der Feier kam, hatte sie noch abgewiegelt und jede Verantwortung von sich gewiesen. Ich hatte sie darauf angesprochen, dass ich trotz gerichtlicher Vereinbarung kaum noch Gelegenheit hatte, meine Tochter an Wochenenden zu sehen. Dabei hatte ich mitbekommen, dass sie selbst regelmäßig meine Tochter mit deren Mutter traf und sogar mit ihnen verreiste. Gleichzeitig wurden mir falsche Vorwürfe gemacht – insbesondere im Namen meiner Mutter – und meine Kontaktversuche systematisch sabotiert. Aber sie behauptete mir gegenüber in diesem sehr kurzen Gespräch, sie »habe damit nichts zu tun« .

Ein weiteres Beispiel für ihre selektiven Wahrnehmung und durchsichtigen Heuchelei. Zumal ihr Hauptargument, weshalb ich sie nicht zur Rede stellen dürfe, lautete schließlich nur: »Du schon mal gar nicht!«

Trotz allem, was bis dahin bereits geschehen war – noch bevor sich die Situation mit der Kindesmutter endgültig zuspitzte – gelang es mir bis weit ins Jahr 2016 hinein, gemeinsam mit meiner Tochter wichtige Bindungen aufrechtzuerhalten.

Der Kontakt zu ihrer besten Freundin, den Klassenkameradinnen, meiner Tante, in deren Garten sie oft spielte, und zu meinem Vater, bei dem wir regelmäßig Zeit verbrachten, war intakt.

Auch die innige Beziehung zu meiner Oma, die für uns beide seit jeher eine wichtige Stütze war, blieb ungetrübt. Doch all diese wertvollen Verbindungen sollten später durch eine zerstörerische Mischung aus Vorurteilen und der Inkompetenz sogenannter Fachkräfte unwiederbringlich zerbrechen – vor allem für meine Tochter.

Eines Wochenendes klingelte überraschend meine Mutter an der Tür, nachdem sie monatelang kein Lebenszeichen von sich gegeben hatte. Mit gespielter Freundlichkeit fragte sie zwischen Tür und Angel – in Anwesenheit meiner Tochter – ob sie und

ihr Ehemann mit ihr spazieren gehen und anschließend kurz etwas essen gehen dürften.

Obwohl wir andere Pläne hatten und unsere gemeinsame Zeit knapp war, willigte ich ein – in der
naiven Hoffnung, sie habe vielleicht etwas begrif-
fen. Doch rückblickend war dies nur ein weiterer
Beweis für ihre Hinterlist.

Wesentlich später als vereinbart kehrte meine
Tochter völlig aufgewühlt zurück. Mit bebender
Stimme berichtete sie, dass ihre Oma sie in ein Re-
staurant mitgenommen hatte, wo sie plötzlich mei-
nen beiden Brüdern gegenüberstand – für meine
Tochter eine extrem unangenehme Situation.

Während der ältere von beiden damals durch
mich noch regelmäßig Kontakt zu ihr hatte, bevor
dies ebenfalls durch meine Mutter unterbunden
wurde, hatte der jüngere, wie bereits beschrieben,
nicht nur den Kontakt zu uns, sondern zu fast der
gesamten Familie abgebrochen und behauptete
dennoch unbeirrt, ich würde ihm den Umgang mit
seiner Nichte verwehren. Meine Tochter war fas-

sungslos. Noch Tage später sprach sie immer wieder über den Vorfall, schockiert und empört.

Ihre Worte brannten sich in mein Gedächtnis ein: »Wenn meine Mama das mit mir machen würde, dann würde ich nie mehr mit ihr sprechen.« In der Therapie versuchte sie, das an diesem Abend erlebte zu verarbeiten, wie mir später vom behandelnden Arzt mitgeteilt wurde.

Es ist erschreckend, welchen Schaden dieses ungebührlich grenzüberschreitende Verhalten meiner Mutter – kombiniert mit den bald darauf folgenden Ereignissen – bei ihr hinterlassen haben muss.

Dies war eines der Fundamente, warum sie bald lernen sollte, zum Selbstschutz die Unwahrheit zu sagen, Erwachsenen zu misstrauen und nur noch das zu erwidern, was andere hören wollten. Trotzdem bot ich meiner Mutter bald schon weiterhin die Möglichkeit, meine Tochter zu sehen – unter der Bedingung, dass sich so etwas nie wiederholen würde, somit bot ich – naiv wie ich war – die Möglichkeit, den meinerseits deutlich erklärten Schaden wieder gut zu machen.

Doch statt Einsicht zeigte sie bloß demonstrativ gekränkte Abwehr. Jedes Mal, wenn sie sich – vielmehr fordernd als fragend – an mich wandte, wann sie ihre Enkelin sehen kann, wiederholte sie trotz allem weiterhin stur dieselbe hohle Phrase: Sie wolle mir »etwas abnehmen«, damit ich Zeit für mich hätte. Dabei hatte ich ihr unzählige Male erklärt, dass ich nicht Zeit ohne meine Tochter, sondern mehr Zeit mit ihr brauchte. Doch sie hörte nicht zu. Stattdessen wurde sie immer fordernder, ebenso wie sie immer gehässiger wurde.

Als ich ihr schließlich klarmachte, dass ich mir ihre Respektlosigkeit nicht länger gefallen ließ, eskalierte die Situation. In Anwesenheit ihres Ehemannes beleidigte und demütigte Karen mich erneut, schlug eines Abends sogar betrunken auf mich ein und als ich sie zur Rede stellen wollte, drohte sie mir unverhohlen: Ich »müsse« mir ihre Unverschämtheiten gefallen lassen und mich ihrem

Willen beugen – schließlich solle ich »an das Erbe meiner Tochter denken«.

Wieder nüchtern vermied sie jedes klärende Gespräch. Stattdessen hinterließ sie mir mit schwarzer Tinte handgeschriebene Zettel auf dem Fußabtreter – gespickt mit einer seltsam wirklichkeitsfremden Mischung aus falschen Anschuldigungen und schmalzigem Pathos.

MANIPULATION

Währenddessen verbrachte meine Tochter seit 2014 weiterhin etwa ein bis zwei Wochenenden pro Monat bei ihrer Mutter – bis Sydney etwas mehr als zwei Jahre später plötzlich einseitig neue Regeln aufstellte. Ohnehin grundsätzlich unzuverlässig, war sie nun der Auffassung, sie könne unsere Tochter abholen und bringen, wann sie wolle. Unter der Woche sei ich zuständig für deren Versorgung und Transporte sowie alle Pflichttermine, aber wir müssten jederzeit verfügbar sein.

Wenn sie unsere Tochter nicht wie vereinbart zurückbrachte – was immer häufiger vorkam – sollte ich sie in der Schule entschuldigen. So holte Sydney sie nun, nach Jahren ohne und später nur wenig

Kontakt, von da an fast jedes Wochenende ab. Oft kehrte meine Tochter erst mitten in der Nacht oder in den frühen Morgenstunden zurück, manchmal aber auch erst ein oder sogar zwei Wochen später.

Unser Leben war nun wieder einmal Sydneys unberechenbaren Launen ausgeliefert. Sydney zeigte sich – wie gewohnt – in all ihren Bestrebungen zutiefst widersprüchlich, ohne klare Vorstellung davon, was sie eigentlich wollte. Diese Ambivalenz spiegelte sich in jedem ihrer Argumente und allen ihren Handlungen wider.

Im Frühjahr 2016 überschritt sie dann eine weitere entscheidende Grenze: Ohne jegliche Absprache mit mir fragte sie unsere Tochter direkt, ob diese bei ihr leben wolle – eine Frage, die unsere Tochter entschieden verneinte.

Die Reaktion darauf war dramatisch. Sydney erlitt einen schweren Nervenzusammenbruch und rief mich heulend und schniefend an, offensichtlich auf der Suche nach Aufmerksamkeit und Trost. Das Gespräch zog sich in die Länge, ich versuchte sie zu beruhigen, bis sie schließlich resigniert erklärte, ich solle mich weiterhin um unser Kind kümmern, unsere Tochter könne bei mir bleiben – sie habe es nun verstanden.

Meine Besorgnis galt in erster Linie meinem Kind, besonders angesichts von Sydneys vergangenen Reaktionen auf Zurückweisung und Enttäuschung. Gleichzeitig glaubte ich kein Wort davon, dass sie diese Entscheidung tatsächlich akzeptieren würde. Ihre Worte klangen hohl, wie eine vorübergehende Kapitulation, nicht wie eine echte Einsicht.

Ein besonderer Dorn im Auge blieb für Sydney meine mehrfache – und wie sie wusste, völlig berechtigte – Bitte, sie möge psychologische Hilfe in Anspruch nehmen. Ich bot sogar meine Begleitung an, sowohl in ihrem eigenen Interesse als besonders zum Wohl unserer Tochter. Diese Art von Unterstützung kannte ich selbst nur zu gut – ich hatte sie aufgrund der Traumata durch die Erfahrungen mit

Sydney längst für unsere Tochter und natürlich auch für mich selbst in Anspruch genommen.

Ebenso wenig verzieh sie mir auch weiterhin, dass ich eine Heirat kategorisch ablehnte – eine Option, die für mich längst völlig ausgeschlossen war. Diese Entscheidung lastete sie mir ebenso an wie meine Bemühungen, sie zu überzeugen, professionelle Hilfe anzunehmen.

Jedoch lag die gesamte Verantwortung für Erziehung und Wohlergehen unserer Tochter weiterhin durchgängig und ausschließlich bei mir – sowohl in der Zeit, als Sydney völlig aus dem Leben des Kindes verschwand, als auch später, als sie nach Jahren begann, unsere Tochter gelegentlich an Wochenenden zu sich zu holen und dann immer mehr. Diese sporadischen Besuche änderten nichts an der Grundkonstellation: Ich blieb die einzige konstante Bezugsperson, die dauerhafte Verantwortung trug, während Sydneys Engagement stets unverbindlich und unberechenbar blieb.

Jeder dieser Besuche war von der gleichen Unzuverlässigkeit geprägt wie alles, was Sydney tat. Verspätungen, Absagen im letzten Moment, vergessene Versprechungen – das Muster wiederholte sich unaufhörlich.

Während dieser Zeit lehnte unsere Tochter häufig ab – weigerte sich sogar manchmal – ihre Mutter besuchen zu müssen. Ich ließ es dennoch zu, da ich damals noch fälschlicherweise annahm, ein Kontakt zur Mutter sei langfristig wichtig für unsere Tochter – eine Entscheidung, die ich heute zutiefst bereue. Dabei kam es zu schrecklichen Szenen: Meine Tochter klammerte sich zitternd und heulend an mich, vergrub ihr Gesicht in meiner Brust, nur um von ihrer Mutter brutal und unerbittlich weggerissen und gewaltsam fortgetragen zu werden, stark weinend, die Arme ausgestreckt in meine Richtung, Tränen schossen aus den enttäuschten und anklagenden Augen.

Und dennoch versuchte ich weiterhin, unserer Tochter ein positives Bild ihrer Mutter zu bewahren.

Noch im Frühjahr 2016, kurz nachdem unsere Tochter ihr klar gemacht hatte, bei mir bleiben zu wollen, versuchte Sydney, eine gemeinsame Reise zu organisieren – zu dritt mit unserer Tochter und mir. Als ich ablehnte dauerte es nicht lange, bis sie begann sie konsequent verlogene Anschuldigungen und Andeutungen über mich zu verbreiten, verdrehte Tatsachen und projizierte ihre Fehler auf mich.

Die Dramen schraubten sich weiter hoch, besonders als ich schließlich nach Jahren die Zahlungen des Kindergelds an sie einstellte – schließlich zog ich meine Tochter allein groß. Stattdessen forderte ich Unterhalt. Sydney, die mittlerweile ihren Wohlstand offen zur Schau stellte, weigerte sich. Für sie stand fest: Als Mutter stand ihr Geld zu, Väter »müssen« zahlen.

Dass es eigentlich unserer Tochter zugutekommen sollte, kam ihr nicht in den Sinn. Rationale Gespräche waren weiterhin unmöglich – wie wäre es anders zu vermuten gewesen. Also kontaktierte sie nun das Jugendamt, behauptete, sie sei alleinerziehend, und gab weitere Falschinformationen an.

Zunächst schenkte ihr niemand Glauben – die Entfernung vom Wohnort und der Schule in Neuss sprachen dagegen. Doch Sydney gab nicht auf und als sie an eine andere Sachbearbeiterin, außerhalb der Unterhaltsvorschussstelle geriet, schaffte sie es tatsächlich, dass die Unterhaltszahlungen an unsere Tochter eingestellt wurden.

So beauftragte ich einen Rechtsanwalt, da ich ahnte, was bevorstand. Dieser bereitete in meinem Namen eine juristische Intervention vor. Plötzlich ereilte mich währenddessen eine Vorladung zum Familiengericht, da Sydney ihrerseits ebenfalls einen Rechtsstreit anstrebte. Sie forderte mit unfassbar gemeinen falschen Anschuldigungen, mir das Sorgerecht zu entziehen.

Kurz darauf forderte sie mich über ihren Anwalt auf, per Schreiben an das Gericht, ihr Fotos von meiner Tochter zu schicken – insbesondere von der Kindheit in Brasilien, anstatt mich einfach darum zu bitten. Sie selbst besaß nämlich kaum welche, abgesehen von denen, die ich ihr bereits geschickt hatte.

Wie sich später herausstellte, richtete sie meiner Tochter gerade ein neues Kinderzimmer in den Niederlanden ein – und hängte meine Fotos auf, um sie als ihre eigenen auszugeben. Meine Tochter zeigte mir später einige davon: Denn es waren größtenteils dieselben Bilder, die bei uns an den Wänden hingen oder im Album verewigt waren. Sydney hatte fast keine eigenen Aufnahmen von unserer Tochter – nur eine erstaunliche Sammlung von Selfies.

Wie gewohnt konstruierte Sydney ein krankes Lügengebilde und zog erneut vor Gericht – genau wie bereits 2010 – mit dem erklärten Ziel, mir unsere Tochter wegzunehmen, wie sie mir selbst unverblümt immer wieder angedroht hatte.

Rückblick: Der Richter des Verfahrens damals hatte verfügt, dass Sydney zustimmen musste, mir mindestens die Hälfte der Zeit mit unserem Kind zuzugestehen, bis wir eine einvernehmliche langfristige Lösung finden.

Damals war unsere Tochter noch sehr klein, gerade erst in der Kita angemeldet – ein Prozess, den ich anfangs völlig allein organisiert hatte, inklusive der Eingewöhnungsphase, wie alles andere auch. Abgesehen von jenen Tagen, den zwei verhängnisvollen Wochen, in denen Sydney sie einfach entführt und parallel in einer anderen Kita angemeldet hatte.

In der Folge holte ich unsere Tochter damals für kurze Zeit mittwochs aus der Kita ab, brachte sie samstagabends wieder hin und verbrachte die Wochenenden bald und oft auch bis sonntags mit ihr – schließlich war Sydney an Wochenenden stets mit ihren eigenen Verabredungen beschäftigt. Dann ließ sie unser Kind wenige Wochen später ganz bei mir, was mich zwang, meine Arbeitsstelle zu kündigen – eine Entscheidung, die ich für mein Kind gerne in Kauf nahm.

Aus dieser längst überholten Situation leitete Sydney nun wider besseren Wissens eine angeblich noch gültige Vereinbarung ab – eine glatte Lüge, denn das Gerichtsprotokoll von damals zeigt deutlich, dass wir eigentlich eine bessere Lösung hätten finden müssen. Sydney hatte jedoch 2010 die Mediation durch Jugendamt und Kinderschutzbund abgelehnt.

Seitdem – also seit Jahren – kümmerte ich mich praktisch allein um die Erziehung und das Wohlergehen unserer Tochter, während Sydney nun seit weniger Zeit die Freizeit mit ihr nutzte, da sie mittlerweile selbständiger und in einem Alter war, sodass ihre Mutter mehr mit ihr anfangen konnte.

Doch nun erzählte sie dem Jugendamt eine rührselige Geschichte: Sie habe sich immer mindestens zur Hälfte um unser Kind gekümmert, und nun versuche angeblich ich, es ihr wegzunehmen. Diese Darstellung stellte die Fakten natürlich komplett auf den Kopf.

Das Muster ist klar und deutlich erkennbar: Sydney erschuf eine alternative Realität, in der sie die engagierte Mutter spielte, während sie in Wahrheit seit Jahren keinerlei Verantwortung wahrnahm – eine völlige Verzerrung der Fakten also, oder um es deutlich zu sagen: eindeutige Unwahrheiten, die auch ganz einfach nachzuweisen waren.

Nun ging Sydney also erneut vor Gericht und beantragte das alleinige Sorgerecht – nachdem sie eigentlich oder vorgeblich hatte akzeptieren wollen, dass unsere Tochter sich entschieden hatte, weiter bei mir leben zu wollen.

Kurz darauf begann sie, unser Kind regelmäßig donnerstags in der Schule abzufangen, um Jugendamt und Gericht eine Darstellung zu bieten: ein trauriger Versuch zu belegen, unsere Tochter sei schon immer die Hälfte der Woche bei ihr.

Dabei kam es mehrfach vor, dass ihr Fahrrad vor der Schule stehen blieb, während sie unsere Tochter unangekündigt donnerstags abholte und freitags entweder zu spät oder oft gar nicht zum Unterricht brachte. Diese Situationen lösten bei unserer Tochter starken Stress aus – besonders donnerstags vor der Abholung durch ihre Mutter zeigte sie körperliche Reaktionen wie Übelkeit und Erbrechen in der Schule.

Gleichzeitig verbreitete Sydney gezielt Lügen unter den Lehrerkräften, Erzieherinnen und anderen Müttern. Dies geschah, obwohl ich mich stets bemüht hatte, niemals schlecht über Sydney zu sprechen – schon gar nicht in Gegenwart unserer Tochter.

Die Folgen ließen nicht lange auf sich warten: Ich wurde zunehmend ausgegrenzt und offen angefeindet. Bemerkenswert war dabei, dass keine der beteiligten Frauen jemals den Mut aufbrachte, mich direkt anzusprechen oder zu erklären, was mir konkret vorgeworfen wurde.

Ein besonders erschreckendes Beispiel ereignete sich, als die Schulleiterin mir vor meiner Tochter zurief: »Was tun Sie dem armen Kind nur an?« – ohne mich anzusehen, drehte sie sich abrupt um und lief eilig davon.

Die Ironie dieser Situation lag darin, dass ich als einziger Elternteil konsequent zu allen Elternabenden, Schulfesten und schulischen Veranstaltungen erschien. Sydney hingegen tauchte nur außerhalb der üblichen Zeiten auf und holte unsere Tochter sogar regelmäßig unverblümt mitten aus dem Unterricht heraus, als wäre dies selbstverständlich – weil sie nicht die Geduld aufbrachte, bis zum Unterrichtsende zu warten.

Erst Monate später, im Rahmen einer Gerichtsverhandlung – nachdem ich massiv eine gerichtliche Intervention für das Wohlergehen meiner Tochter eingefordert hatte – wurde diese belastende Situation nach langem Drama schließlich beendet.

Entscheidend war dabei nicht etwa eine plötzliche Einsicht der Mutter, sondern ausschließlich die richterliche Anordnung – folgend auf Beschwerden der Schule – die Sydney letztendlich gezwungenermaßen zum Einlenken zwang.

Die Wochen zuvor hatten gezeigt, wie wenig Sydney bereit war, die Bedürfnisse unseres Kindes tatsächlich zu berücksichtigen.

ZERSETZUNG

Gleichzeitig hetzte meine eigene Mutter fortwährend hinter meinem Rücken weiter, nutzte jede Gelegenheit, um weiterhin meine Tochter im Hausflur
abzufangen und heimlich Treffen mit meinen Brüdern und Sydney zu vereinbaren – immer mit dem
Ziel, mich systematisch auszugrenzen.

Früher hatte meine Mutter Sydney noch verach-
tet, nannte sie ein »Mistweib«, das »in die Psychia-
trie gehöre«. Sie verlangte allen Ernstes von mir,
dass ich Sydney unser Kind »abkaufe« und sie, die
Großmutter ohne liebevolle Beziehung zur Enkelin,
als Mutter meiner Tochter akzeptiere. Sie sagte mir
herablassend, wenn ich schon auf Südländerinnen
stehe, solle ich mir wenigstens »eine nette Griechin

158

oder Türkin suchen« und verstörenderweise, sie sei »die eigentliche Mutter« meiner Tochter.

Doch als Sydney das Gerichtsverfahren vorbereitete, verbündeten sich die beiden plötzlich und bündelten ihre »Interessen«. Gemeinsam übten sie Druck aus, verbreiteten Lügen und vergifteten die Atmosphäre. Wie gesagt, trotz der unerträglichen Verhaltensweisen meiner Mutter hatte ich ihr immer wieder Möglichkeiten angeboten, Kontakt aufzunehmen – schriftlich, mündlich, telefonisch, per E-Mail.

Die einzige Bedingung formulierte ich ihr immer wieder ganz simpel, leicht verständlich und völlig niedrigschwellig: Sie hätte nur klingeln, klopfen oder anrufen und fragen müssen, wenn sie ihre Enkelin sehen wollte, einfach um etwas fest zu vereinbaren. Doch anstatt diesen gesellschaftlich anerkannten und völlig normalen, zwischenmenschlichen Weg zu wählen, bestand ihre Reaktion darin, mir weiterhin diese anklagenden und verleumderischen, mit schwarzer Tinte beschriebenen Zettel, auf dem Fußabtreter zu hinterlassen.

Diese Nachrichten waren fortwährend gespickt mit falschen Anschuldigungen und überschwänglichem Pathos, während sie sich darin kaum mit ihrer Enkelin beschäftigte – es sei denn, um mir verlogene Vorwürfe zu machen.

Besonders unverzeihlich ist, dass sie sogar Sydneys gemeinen und ganz offensichtlich unwahren Behauptungen aufgriff und ihnen Raum gab, eine Handlung, die jedes Maß an Akzeptabilität überschritt. Doch selbst das Grundlegendste schien ihr unmöglich: wie jeder normale Mensch einfach Absprachen zum Umgang mit einem Kind zu treffen, besonders mit dem alleinerziehenden Elternteil, insbesondere vor dem Hintergrund der Vorgeschichte ihres verantwortungslosen Verhaltens.

Eine Selbstverständlichkeit, sollte man meinen – doch für sie offenbar nicht. Stattdessen bevorzugte sie weiterhin dieses unzivilisierte, abwegige Verhalten, das jeder zwischenmenschlichen Norm widerspricht.

Dabei war es nichts Neues. Schon als Kind hatte sie mir unmissverständlich klargemacht, dass ich durch meine Geburt ihr Leben zerstört hätte. Diese Haltung änderte sich nie.

Weder als Mensch noch als Sohn oder später als Vater ihrer Enkelin wurde ich je auch nur ansatzweise von ihr anerkannt. Im Gegenteil – sie ließ mich diese Ablehnung stets spüren. Und es scheint ihr sogar Freude zu bereiten, jede Gelegenheit zu nutzen über mich hintenherum herzuziehen, um mich zu demütigen oder Schlimmeres, ohne zu bemerken, dass sie sich selbst nur weiter entlarvt.

Dennoch, mindestens bis ins Jahr 2016 hinein noch war meine Tochter glücklich und sicher bei mir. Ihre Mutter holte sie seit einiger Zeit unregelmäßig an Wochenenden ab, blieb gelegentlich zum Essen, begleitete uns manchmal in Freizeitparks – da war die Welt noch halbwegs in Ordnung.

Doch dann entschied Sydney plötzlich meine Tochter um jeden Preis zu sich zu holen. Sie schreckte vor nichts zurück – nicht einmal davor mir wieder falsch Gewalt und sexuellem Missbrauch vorzuwerfen – rückblickend hatte sie wohl nie ›bloß‹ völlig die Kontrolle verloren – sondern betrachtete diese Vorgehen als adäquates Mittel ihren Willen durchzusetzen.

Ich hatte Sydney immer Partizipation ermöglicht – selbst als sie es nicht wollte. Auch während ich diese Anschuldigungen über mich ergehen lassen musste, trotz aller Anschuldigungen und Repressionen, ließ ich es zu, dass sie täglich mit meiner Tochter telefonieren und sie jederzeit kontaktieren konnte, auch als diese das gar nicht wollte und ich sie überreden musste. Doch Sydney nutzte diese Freiheit, um noch weiter übergriffig zu werden – bald sogar mit voller Unterstützung des Jugendamts: Klare Signale, dass sie sich alles erlauben konnte.

Unsere Tochter berichtete mir plötzlich aufgekratzt von ihrem neuen Kinderzimmer mit besagten Fotos in den Niederlanden – mit beleuchtetem Schminktisch, einem versprochenen neuen Pool im Garten, Wochenendausflügen ans Meer und Reisen ins Ausland, von denen ihr mehr versprochen wurden.

Sie hatte während der Vorbereitungsphase ihrer Mutter, vor dem Beginn des Gerichtsverfahrens bereits einen Hund bekommen, den Sydney an den Wochenenden bei uns ablud. Bis ich mich weigerte – wir wollten wie gewohnt auch weiterhin ins Kino oder Schwimmbad und ich hatte keinen Garten.

Prompt wurde ich wieder attackiert: Denn nun musste Sydney sich selbst um den Hund an den Wochenenden kümmern, den sie gelegentlich durchs Haus trat, wenn er ihr auf die Nerven ging, wie mir unsere Tochter einige Wochen zuvor schockiert berichtet hatte.

In Vorbereitung des Verfahrens begann Sydney unserer Tochter alles doppelt zu kaufen, was sie bereits zuhause besaß – Spielzeuge, Kleidung, Handy, Laptop, sogar ihre letzten Geburtstags- und Weihnachtsgeschenke und immer ein bisschen mehr.

VERDREHUNG

Nach Einleitung des Gerichtsverfahrens und langem Bangen begann die Gerichtsverhandlung mit einer vielversprechenden Dynamik. Mein Anwalt zeigte sich zuversichtlich und kommentierte nach der ersten Sitzung, dass es »gut gelaufen« sei. Schon am ersten Verhandlungstag gelang es mir, Sydneys haltlose Vorwürfe zu entkräften.

Ihr Anwalt hatte in der Antragsbegründung frei erfundene Zahlen zu unentschuldigten Fehlstunden unserer Tochter genannt – ebenso wie die unterstellten Gründe dafür, die mir Unzuverlässigkeit und Erziehungsunfähigkeit attestieren sollten. Doch die Schulzeugnisse, die Sydney und ihr unvorbereiteter Rechtsvertreter nicht eingesehen hatten, bewiesen schwarz auf weiß, dass die behaupteten Fehlzeiten der Realität nicht einmal annähernd entsprachen. Die tatsächlichen Gründe für die Abwesenheiten unserer Tochter konnte ich ohne Umschweife darlegen – die Umstände sprachen nach allem, was vorgefallen war, für sich selbst.

Der Richter zog noch am selben Tag klare Schlüsse. Nachdem er alle Beteiligten angehört und die Dokumente geprüft hatte, stellte er zweierlei fest: Unsere Tochter drückte keineswegs den eindeutigen Wunsch aus, bei ihrer Mutter leben zu wollen – wie fälschlich behauptet – sondern war »hin- und hergerissen« und wollte sich »nicht entscheiden müssen«. Unser Kind hatte eindeutig und unzweifelhaft geäußert, weiterhin Kontakt zu beiden Eltern haben zu wollen, wie es völlig normal ist.

Zudem war es schlicht unmöglich, dass Sydney sich – wie behauptet – die Hälfte der Zeit um unsere Tochter gekümmert hatte, schon allein wegen der Entfernung zwischen ihrem Wohnort und den Schulen sowie der früheren Kita.

Die richterliche Bemerkung traf Sydneys Anwalt offenbar unvorbereitet; er fühlte sich ganz offensichtlich bloßgestellt. Sichtlich verunsichert gestand er kleinlaut ein, er müsse »dringend Rücksprache mit seiner Mandantin halten«. Die junge Praktikantin, die er zuvor mit seiner angeblichen Expertise in diesem vermeintlich »einfachen Fall« beeindrucken wollte, tauchte bei den Folgeterminen nicht mehr auf.

Auch die Jugendamtsmitarbeiterin geriet ins Wanken. Nachdem sie zunächst Sydneys Anschuldigungen bestätigt hatte, begann sich selbst zu widersprechen, korrigierte sich schließlich widerstrebend gänzlich und versprach, ihre Informationen noch einmal »gründlich« zu überprüfen. Auffällig war, dass Sydneys Anwalt unmittelbar nach der Verhandlung einen Termin mit der Jugendamtsmitarbeiterin und Sydney zu dritt vereinbarte – ein höchst ungewöhnliches Vorgehen – ich zweifle stark an der Rechtmäßigkeit dieses Schrittes.

Sydney selbst saß die meiste Zeit regungslos im Gerichtssaal, tat als verstehe sie nicht. Sie bemühte sich um eine souveräne, sympathische Fassade, doch ihr Blick verriet mehr: Demütigung lag darin – und eine Wut, die sie kaum zu zügeln schien.

Der Richter hatte der Jugendamtsarbeiterin aufgetragen, mit den Ärzten und Therapeuten unserer Tochter zu sprechen. Obwohl ich eine Schweigepflichtentbindung unterzeichnete, geschah dies nie – die Mitarbeiterin beantwortete die Nachfrage des Richters dazu während des folgenden Verhandlungstages im Gerichtssaal vor allen Anwesenden, indem sie fälschlicherweise behauptete, sie habe Kontakt aufgenommen und die Praxis unterstütze einen Umzug zur Mutter – dabei ist dies in Wahrheit nie geschehen.

Anschließend forderte ich eine schriftliche Stellungnahme der Praxis an – und erhielt sie: Darin wurde festgehalten, dass das Jugendamt keineswegs wie behauptet Kontakt aufgenommen hatte, und dass es eine Empfehlung für einen Umzug meiner Tochter nie gegeben hat. Es wurde zudem schriftlich bestätigt, dass die Praxis eine solche Empfehlung nicht ausstellen werde. Das Dokument reichte ich beim Gericht ein, doch zu meinem großen Entsetzen interessierte es niemanden und wurde einfach abgetan.

Eine solche Kontaktaufnahme mit der Therapeutin und dem behandelnden Arzt, dem langfristigen Kinder- und Jugendpsychologen meiner Tochter, hätte tatsächliche Einblicke in die schreckliche Situation meiner Tochter und in Sydneys gefährliche Verhaltensmuster ermöglicht – insbesondere auch ihre wahre Haltung gegenüber den Sorgen und Nöten unserer Tochter.

Ebenso wäre deutlich geworden, wie grundlegend falsch die Einschätzungen der Jugendamtsmitarbeiterin waren. Sydneys falsche Behauptungen, die sie oft völlig unreflektiert und grundsätzlich ungeprüft wiederholte, reduzierten nach Auffassung dieser Sachbearbeiterin – nach all den Jahren – alles auf einen nicht aufgearbeiteten Paarkonflikt. Diese oberflächliche Analyse ignorierte vollständig die Realität und basierte stattdessen auf klischeehaften Vorurteilen, die Sydney geschickt bediente und die bei der offensichtlich überforderten Sachbearbeiterin auf fruchtbaren Boden fielen.

Dabei handelte es sich um dieselbe »sozialpädagogische Fachkraft«, die nebenbei Bücher über häusliche Gewalt und sexuellen Missbrauch veröffentlicht – eine bittere Ironie.

Vor allem hätte sich gezeigt, welcher Elternteil tatsächlich massiven Druck auf unsere Tochter ausübt. Entgegen aller Unterstellungen war ich es nicht, der unsere Tochter bedrängte oder ihr Vorwürfe machte. Im Gegenteil: Ich versicherte ihr immer wieder, dass ich ihr nicht böse sein werde, ganz egal wofür sie sich letztendlich entscheidet.

Auch wenn ich natürlich – ich bin kein Roboter – auch gegenüber meiner Tochter meine Sorgen nicht gänzlich verbergen konnte – schließlich kannte sie mich damals in- und auswendig – der psychische Druck ihr gegenüber ging hauptsächlich von Sydney aus – ein Fakt, der durch ein Gespräch mit der Therapeutin und dem Facharzt zweifelsfrei bestätigt worden wäre.

Die Glaubwürdigkeit dieser Jugendamtsmitarbeiterin erlitt weiteren Schaden durch ihren Umgang mit der im Gerichtsverfahren vereinbarten und vom Richter angeordneten Mediation: Nachdem der Richter während einer Sitzung uns Eltern dies vereinbart hatte, was ich ausdrücklich guthieß, protokollierte er auch diese Zusage der Jugendamtsmitarbeiterin, sie werde die Mediation mit uns Eltern zeitnah aufnehmen, um einen geregelten Umgang im Sinne unserer Tochter zu unterstützen.

Jedoch sandte diese Person – die noch heute für ein anderes Jugendamt tätig ist, ausgerechnet als Erziehungsberaterin – bereits am nächsten Werktag früh morgens eine E-Mail, in der sie ihre Zuständigkeit nun überraschend und widerrechtlich bestritt und die Mediation absagte. Dies meldete ich selbstverständlich umgehend dem Gericht; jedoch folgte keinerlei Reaktion.

Als ›Hausaufgabe‹ trug sie uns auf eine Liste anzufertigen, die all jenes enthalten sollte, was wir uns für unsere Tochter wünschen, anstatt über die vom Gericht für eine Mediation vorgesehenen Themen zu sprechen. Trotz der Lächerlichkeit hatte – einzig – ich mir damit Mühe gegeben, doch diese Liste wurde überhaupt nicht angenommen, die Sachbearbeiterin nahm offenkundig ihre eigenen Maßnahmen nicht ernst.

Zum nächsten Termin im Jugendamt, an dem der Anwalt dann nicht mehr teilnahm, brachte Sydney eine Freundin mit, die ich weder kannte, noch jemals wiedersehen würde, die jedoch ungebührlichste Andeutungen in Richtung sexuellen Kindesmissbrauch fallen ließ, welche die Jugendamtsmitarbeiterin geflissentlich überhörte, erneut war ich schockiert. Ich fast sprachlos – ohnehin bereits völlig niedergeschlagen und nervlich am Ende – kam ich ohnehin erst gar nicht zu Wort, sondern jeder Versuch einer Anmerkung wurde von den drei Damen gemeinsam stets lautstark und aggressiv unterbrochen, niedergemacht und mir wurde von dieser Jugendamtsmitarbeiterin gesagt, ich solle gefälligst leise sein.

Dieselbe Sachbearbeiterin hatte sich zuvor geweigert, die alten Fallakten einzusehen, die meine früheren Hilfegesuche bezüglich Sydneys von mir gemeldeten kindeswohlgefährdenden Verhalten dokumentierten, mit der fadenscheinigen Begründung, sie wolle sich »ein eigenes Bild machen«. Besonders gravierend war jedoch ihr Beitrag zur Aberkennung des Kindesunterhalts meiner Tochter – basierend auf leicht widerlegbaren Falschangaben – diese Sachbearbeiterin alleine hatte das beschieden und die Unterhaltsvorschussstelle entsprechen angewiesen – gerade als die dort zuständige und über den Fall informierte Mitarbeiterin sich in den Ruhestand verabschiedete. Denn lediglich aufgrund dieses Anlasses – als Auslöser – kam es zum erneuten Gerichtsverfahren ab 2016, das sonst höchst-wahrscheinlich gar nicht stattgefunden hätte.

Diese dokumentierten Falschangaben und be-wusste Täuschungen werfen die beunruhigende Frage auf, wie viele Familien und Kinder unter ih-rer ›Fachkompetenz‹ bereits gelitten haben mögen und wie viele mehr es noch sein werden. Erschwe-rend kam hinzu, dass diese Jugendamtsmitarbeite-rin dem Gericht zunächst die seit Jahren veraltete niederländische Adresse der Mutter in Boekel über-mittelte, obwohl diese bereits lange in Uden lebte – was die Kommunikation naturgemäß drastisch wei-ter verzögerte und somit das gesamte Verfahren, aber auch ihre falschen Angaben über die Wohn- und Umgangsverhältnisse Sydneys und unserer Tochter entlarvt.

Auf meine ergänzende Anfrage an den Kinder-arzt erhielt ich zusätzlich folgende Diagnose: Der Zustand meiner Tochter war besorgniserregend, wie ich nun auch schriftlich belegen konnte. Genau so wie ich seit Monaten immer wieder hingewiesen habe. Stress und Ängste belasteten sie schwer, und der Arzt riet dringend davon ab, einem Umzug aus vertrauter und sicherer Umgebung zuzustimmen.

Doch die Jugendamtsmitarbeiterin spielte die Diagnose herunter, hörte stattdessen weiter auf Sydneys Lügen – hochgradig unprofessionell und fahrlässig. Sie hatte mich nie kennengelernt, nie unser Zuhause besucht, nie mit den Freunden meiner Tochter oder ihren engsten Bezugspersonen gesprochen. Sie verließ sich weiter auf die Verleumdungen der Mutter, anstatt den Arztbericht, den sie selbst hätte anfordern sollen, ernst zu nehmen.

Der Richter schaute sich die Diagnose des Arztes zwar an, spätestens als ich ihm diesen im Gerichtssaal vorlegte, jedoch auch er wiegelte unverhohlen genervt ab und beschloss, die Diagnostik nicht zu berücksichtigen, erneut war ich zutiefst schockiert.

Doch die Warnsignale waren eindeutig: Die nächtlichen Ängste und die Albträume meiner Tochter von der »guten und der bösen Mutter«, von denen sie selbst dem Richter erzählte. Auch dies wiegelte er als unbedeutend ab.

Ebenso, dass Sydney ihr einredete, ich hätte sie entführt, wie schriftlich protokolliert, dass sie stetig in einen Loyalitätskonflikt gedrängt, ständig hin- und hergerissen wurde – all das hätte alarmieren müssen. Stattdessen wurde mir einfach alles angelastet.

Weitere Vorwürfe Sydneys wurden ebenfalls berücksichtigt und mir offen feindselig im Gerichtssaal vorgehalten: Ich würde pauschal alle Menschen in unserem Umfeld schlecht behandeln, sogar meine eigene Mutter. Sydney behauptete, meine Mutter habe ihr erzählt, ich sei ein schwerkranker Alkoholiker – eine Aussage, die meine Mutter später schriftlich widerlegte. Doch das Gericht schien diese Klischees bereitwillig aufzugreifen, ohne kritisch nachzufragen, und trug so weiter proaktiv dazu bei, mich in ein negatives Licht zu rücken.

Während eines vorigen Termins hatte Sydney im selben Gerichtssaal noch berichtet, dass meine Mutter ständig trinke und ihr Ehemann Drogen konsumiere. Ich musste sogar dazu aussagen und bestätigen, dass ich selbst keine Drogen konsumiere, doch das Gericht erkannte vorgeblich keinen Widerspruch in ihren Darstellungen. Auch wurden keine Auffälligkeiten in ihrem Verhalten festgestellt – eine offensichtliche Ungleichbehandlung, die nichts anderes als Doppelstandards und Heuchelei bedeutete, die zu furchtbaren Konsequenzen führen sollten.

Wohingegen die Fakten, die ich vorlegte, systematisch ignoriert oder lächerlich gemacht wurden, während ich vor den Augen meiner Tochter von allen Beteiligten wie ein Schwerverbrecher behandelt wurde. Die unaufrichtig vorgetragenen Vorwürfe, die gegen mich erhoben wurden, ließen in ihren Widersprüchlichkeiten an Absurdität nichts zu wünschen übrig.

Meine Tochter war von ihrer Mutter dazu gedrängt worden, auszusagen, ich hätte sie angeblich in unserer Wohnung eingesperrt – manchmal sogar einen ganzen Tag lang. Dabei war diese Behauptung von vornherein haltlos: Unsere Wohnungstüren hatten gar keine Schlüssel, sodass ein solches Einsperren physisch gar nicht möglich gewesen wäre. So etwas entsprach weder meiner Art noch meinem Erziehungsverständnis. Und doch wurden derart gravierende Anschuldigungen im Verfahren vorgebracht, ohne dass die offensichtlichen Widersprüche auffielen – weder in den Details noch im Gesamtkontext.

Zudem wurde mir vorgeworfen, ich würde meiner Tochter meine Meinungen aufdrängen, sie nicht ernst nehmen und sie unter Druck setzen – es war eine Farce. Schon zuvor hatte die Verfahrensbeiständin sogar festgestellt, dass meine Tochter widersprüchliche Aussagen machte – Doppelbotschaften äußerte, die als Hilferufe hätten verstanden werden müssen. Doch diese Signale wurden, wie so vieles andere auch, kleingeredet oder ignoriert. Dabei hatte sich meine Tochter bei mir stets sicher und geborgen gefühlt – etwas, das sie selbst auch vor Gericht und den Fachkräften wiederholt bekräftigt hatte.

Gleichzeitig redete Sydney unserer Tochter ein, ich sei »schuld« daran, dass sie Hausaufgaben machen musste – ich sei zu streng. Doch derselben Lehrerin, bei der meine Tochter ständig fehlte, erzählte sie das genaue Gegenteil: Angeblich würde ich die Schule vernachlässigen, die Hausaufgaben nicht ernst nehmen. Ein offensichtlicher Widerspruch. Ebenso absurd war die Anschuldigung, ich sei für falsch angegebene Fehlstunden verantwortlich – etwas, das ich widerlegen konnte. Dabei war ich selbst früher als pädagogische Fachkraft an einer Schule tätig.

Mal wurde ich als zu streng dargestellt, mal als nachlässig – je nachdem, was gerade ins Narrativ passte. Die Jugendamtsmitarbeiterin, die Verfahrensbeiständin und Sydneys Anwalt konstruierten ein völlig verzerrtes Bild, basierend auf unsachlichen und nachweislich falschen Berichten. Selbst das kleinste Detail wurde verdreht, um ihre Vorwürfe zu untermauern und unhinterfragt vom Amtsrichter übernommen.

Im Gerichtssaal behauptete die Jugendamtsmitarbeiterin dreist, ich müsse mich »zurückhalten« – schließlich »müsste ich nach dem Umzug ja keinen Unterhalt zu zahlen«. Eine Aussage, die nicht nur brutal diskriminierend, sondern auch fachlich grotesk ist und obendrein sämtliche Fakten außer acht lässt. Jedoch wurde dies als ›wohlwollende Geste‹ der Mutter zu Protokoll gegeben.

Zu Beginn des Verfahrens knickte sie zwar ein und gestand ein, dass kein eindeutiger Umzugswunsch meiner Tochter vorlag – nur um kurz darauf stur erneut genau das Gegenteil zu behaupten und damit ihr unprofessionelles Vorgehen, beginnend mit dem ungesetzlichen Entzug des Unterhalts, trotz Rechtsanspruchs meiner Tochter gegenüber der Mutter, zu legitimieren.

Auch der Amtsleiter des Jugendamtes, den ich kontaktierte, ignorierte sämtliche meiner Belege und täuschte sogar eine angebliche »vollumfängliche Prüfung« vor – dabei machte auch er falsche Angaben, ohne auf die Fakten einzugehen. Er negierte ein Dienstaufsichtsverfahren, welches ich gar nicht angesprochen, geschweige denn eingefordert hatte. Lediglich um Prüfung und Unterstützung hatte ich eindringlich gebeten. Dies wurde nicht gewährt.

Für Sydney schien der Rechtsstreit ein taktisches Spiel zu sein, bei dem es darum ging, möglichst viele Beteiligte auf ihre Seite zu ziehen, ohne Rücksicht auf die eigentlichen Konsequenzen.

Doch während sie ihre vermeintliche Überlegenheit zur Schau stellte, litt unsere Tochter unter den Folgen. Ihre eigene Mutter behandelte sie wie persönliches Eigentum – ein Besitz, über den Sydney nach Belieben verfügen konnte. Diese Haltung war unverhohlen und durchgängig erkennbar, ohne dass dies von den Verantwortlichen im Verfahren ernsthaft hinterfragt worden wäre.

Stattdessen schien Sydneys manipulatives Vorgehen sogar zu funktionieren, während unsere Tochter zwischen den Fronten zerrieben wurde. Das Verfahren entwickelte sich zu einer absurden Jagd nach Anschuldigungen und Rechtfertigungen, bei der sogar völlig abwegige Argumente herangezogen wurden.

So wurde etwa behauptet, der Schulweg sei zu lang – eine haltlose Unterstellung, die nur verdeutlicht, wie verzweifelt nach Gründen gesucht wurde, um die unrechtmäßigen vorgefertigten Entscheidungen der unaufrichtigen Beteiligten zu untermauern. Diese durchsichtigen Versuche, mich weiter zu diskreditieren, offenbarten die Schwächen der gesamten Argumentation.

Tatsächlich hatte ich unsere Tochter jahrelang selbstverständlich zur Kita und später zur Schule begleitet. Zuerst nutzten wir den Bus, dann fuhren wir mit dem Fahrrad die weniger als anderthalb Kilometer kurze Strecke. Als sie etwa acht Jahre alt war, wollte sie den Weg schließlich alleine bewältigen.

Wir probierten es vorsichtig aus: Sie hatte ihr Handy dabei, und ich folgte ihr wenig später, da ich ohnehin in dieselbe Richtung unterwegs war. Sie war überglücklich und erzählte stolz allen, wie selbstständig sie schon war – ein völlig normaler Entwicklungsschritt, der nun plötzlich als Problem dargestellt wurde – anstatt unsere Tochter bei der Entwicklung zur Eigenständigkeit zu fördern.

Sydney und meine Mutter zerrten gleichermaßen an meiner Tochter – bis sie fast daran zerbrach. Die ständige psychische Gewalt war auf Dauer unerträglich. Doch keine der beiden Frauen war bereit, Vernunft walten zu lassen. Meine Tochter litt sichtlich und ich mit ihr. In der Schule erbrach sie sich regelmäßig aus Stress, wenn sie ahnte von Sydney oder der Oma abgefangen zu werden, dies wurde sowohl von den Lehrkräften, als auch in der Therapie festgestellt.

Sydney setzte offenbar alles daran, meiner Tochter das Leben in Deutschland zur Hölle zu machen. Mit Erfolg. Sie redete ihr ein, alles würde besser, wenn sie nur in die Niederlande zöge. Für sie schien es normal, ein Kind mit Gewalt zu brechen, um den eigenen Willen durchzusetzen.

Nachts kroch meine Tochter in dieser Zeit wieder schutzbedürftig zu mir ins Bett, was sie zuvor schon lange nicht mehr getan hatte – was Sydney prompt nutzte, um mir perverse Unterstellungen zu machen, die erschreckenderweise beim Jugendamt und beim Verfahrensbeistand auf offene Ohren stießen und mir süffisant wie unprofessionell im Gerichtssaal vorgehalten wurden.

Die Sachbearbeiterin des Jugendamtes, der Richter, die Verfahrensbeiständin – alle waren von Anfang an voreingenommen und machten kaum einen Hehl daraus. Ich wahr völlig machtlos, es gab keine Möglichkeit mich dagegen zu wehren, noch weniger meine Tochter – die ungemein litt – vor alledem zu beschützen.

Stattdessen hängte sich die Verfahrensbeiständin wochenlang an einem lächerlichen Punkt auf: Ich hatte mich einmal im Datum des ersten Gerichtstermins vertan, etwas, dass inhaltlich nicht das geringste zur Sache beitrug. Dies nutzte sie, um mich als unaufrichtig darzustellen – Projektion auf unterstem Niveau. Genau wie meine Tochter wurde ich durch Psychoterror drangsaliert.

Eigentlich hätte das Jugendamt sie vor Sydney schützen müssen. Meine Tochter hatte längst aufgehört zu kämpfen. Sie fügte sich nur noch, stimmte allem zu, egal was kam – Hauptsache, es würde schnell vorbei sein. Jeder weitere Tag dieses Verfahrens nagte auch an ihr, machte sie sichtlich kränker.

In ihren Berichten fälschte die Sachbearbeiterin des Jugendamtes die Aussagen meiner Tochter. Plötzlich sollte sie gesagt haben, sie fühle sich beim Lebensgefährten der Mutter wie »in einem sicheren Hafen« – eine Formulierung, die von dieser Fachkraft stammte, basierend auf Behauptungen, die alleine von Sydney stammten. Meine Neunjährige sprach niemals so.

Meine Tochter erbat von mir später zuhause nur eine klare Zusage: Ob ich sie wie versprochen weiterhin in allem unterstütze, egal welche Entscheidungen sie treffen werde. In den darauffolgenden Wochen sprach sie immer weniger, zog sich zunehmend in sich zurück und versuchte, das ganze Verfahren auszublenden, flüchtete sich in seichte Kinderfilme und Süßigkeiten, unterbrochen von den alltäglichen langen Telefonaten ihrer Mutter, die sie alleine hinter verschlossener Türe in ihrem Kinderzimmer führte. Ihre natürliche Neugierde, ihr unbändiger Tatendrang, ihre sprühende Fantasie – alles war wie ausgelöscht. Mein einst so lebendiges, wunderbares Kind wurde systematisch gebrochen, fahrlässig, krank gemacht, ich konnte das nur hilf- wie machtlos miterleben, es brach mir erneut das Herz, zutiefst verzweifelt darüber, was man ihr antat.

Es war an einem dieser trüben Nachmittage, als es plötzlich aus ihr herausbrach – mit einer Stimme, die vor unterdrückter Wut bebte erzählte sie, dass ihre Mutter jetzt von ihr verlangte, dass sie ihren Lebensgefährten jetzt Papa nennt. Die Worte hingen schwer in der Luft, jedes einzelne geladen mit einer Empörung, die sie kaum zu bändigen vermochte.

Mir verschlug es für einen Moment die Sprache. Blitzartig zuckte die Erinnerung durch mich – wie Sydney mich einst als ihren Ehemann bezeichnet hatte. Ich atmete tief durch, bevor ich antwortete, bemüht, meiner Stimme einen ruhigen Klang zu verleihen: »Du kannst ihn natürlich Papa nennen, wenn du das wirklich willst. Aber vergiss nicht – niemand hat das Recht, dich dazu zu zwingen. Das entscheidest allein du.«

Dann traf mich ihr Blick. Dieser eine, flüchtige Moment, in dem ihre Augen alles sagten, was sie nicht in Worte fassen konnte – eine Mischung aus hilfloser Wut, tiefster Verletzung und stummer Anklage. In diesem Augenblick wusste ich: Dieses Bild würde sich für immer in mein Gedächtnis einbrennen, so klar und schmerzhaft, als wäre es in Stein gemeißelt. Der Schmerz darin war zu greifbar, zu real, als dass er jemals verblassen könnte.

PROJEKTION

Sydney gelang es, ebenso perfide wie unehrlich, alle ihre eigenen Fehler und ihr Versagen auf mich zu projizieren. Früher hatte sie behauptet, Gewalt gehöre zur Erziehung – nun stellte sie mich als Gewalttäter dar. Sie nötigte sogar unsere Tochter, auszusagen, ich hätte sie geschlagen. Dabei war es Sydney, die meine Tochter seit Jahren geschlagen hatte – auf Arme, Beine, Po und Kopf. Genau das, nebst der Beziehungsabbrüche und Vertrauensbrüche und Verantwortungslosigkeit, hatte die Probleme ausgelöst, deretwegen unsere Tochter Therapie benötigte.

Das Jugendamt konnte damals bereits nichts tun, abgesehen davon, meine Sorgen zu dokumentieren

– mangels Mitwirkung der Mutter, so die Begründung, wie mir eine frühere Sachbearbeiterin erklärte. Eine kompetentere und zugewandtere Fachkraft, die den Fall leider abgeben musste – aus Befangenheit – weil wir zuvor in einigen Fällen der Kinder- und Jugendhilfe zusammengearbeitet hatten. Stattdessen landeten wir bei der ebenso überforderten wie unaufrichtigen Jugendamtsmitarbeiterin, der es eindeutig ebenso an Berufsethos wie Professionalität mangelt, wodurch sie alles noch viel schlimmer machte.

Sydney hatte es geschafft, mich als schlechten Vater darzustellen – ein Feindbild, das bezeichnenderweise bei den verantwortlichen Damen im Verfahren – als ausgebildete Fachkräfte – aber auch bei dem Richter verfing, der unrechtmäßig Fakten selektierte, beziehungsweise unterschlug, Falschangaben rückwirkend legitimierte und somit das konstruierte Bild und den daraus erwachsenen Narrativ festigte. Die Konsequenzen tragen meine Tochter und ich bis heute: Ich wurde entrechtet, sie wurde um ihre Rechte betrogen und ihre zuvor vielversprechende Zukunft, ihre Entwicklung zu einem eigenständigen, starken Mädchen, wurde tatsächlich zerstört, wie sich später leider erweisen sollte.

Die Verfahrensbeiständin hatte meine Tochter wiederholt ignoriert – Termine abgesagt, Sprachnachrichten nicht beantwortet. Vor Gericht rechtfertigte sie dies damit, meine Tochter »schonen« zu wollen. Doch in Wahrheit war sie auch hier unaufrichtig, meine Tochter fühlte sich – zurecht – nicht ernst genommen und verlor jedes Vertrauen in diese Frau, die versprochen hatte, für sie als unabhängige und ›unvoreingenommene‹ Ansprechpartnerin und Vertrauensperson da zu sein.

Stattdessen nötigte sie meine Tochter, vor dem Richter auszusagen – einem Mann, den sie kaum kannte, der allerdings mit albernem Gehabe versuchte sich als netter Onkel zu präsentieren, so tat, als wüsste er alles über sie, als kenne er sie besser als ihr seit Jahren alleinerziehender Vater. Die ganze Prozedur war durch und durch unauthentisch und unaufrichtig. Es ging nicht um die Wahrheit, sondern darum, Recht zu behalten – und der ›armen Mutter‹ zu helfen, egal wie sehr diese selbst die Situation befeuerte und unsere Tochter verletzte.

Sydney währenddessen nötigte unsere Tochter konsequent dazu den Weg zu wählen, der den geringsten emotionalen Schmerz versprach – gemessen an der ständigen Erpressung und dem unablässigen Druck, den sie auf das Kind ausübte. Diese systematische Beeinflussung verwirrte und verunsicherte unsere Tochter zutiefst, was sich sowohl in emotionalen als auch körperlichen Symptomen niederschlug.

Die psychischen Belastungen manifestierten sich bereits damals in konkreten gesundheitlichen Problemen, die direkt auf Sydneys manipulatives Verhalten zurückzuführen sind, bis heute wie sich noch herausstellen sollte. Besonders perfide war dabei Sydneys methodisches Vorgehen: Sie schuf eine Atmosphäre der Ausgrenzung, in der unsere Tochter glaubte, sich zwischen den Eltern entscheiden zu müssen – zwischen zwei »Lagern« wie sie es später ausdrücke sollte – obwohl ich ihr stets versicherte, dies sei nicht nötig, denn es gäbe genügend Platz für beide Eltern in ihrem Leben.

Während ich unserer Tochter Rückhalt und Entscheidungsfreiheit gab, setzte Sydney sie emotional weiter unter Druck, bis sie schließlich den Weg des geringsten Widerstands wählte und sich deutlich sichtbar ausklinkte – nicht aus Überzeugung, sondern aus purer Erschöpfung und Angst vor weiteren Repressalien. Diese Dynamik hätte ein Gespräch mit der Therapeutin zweifellos aufdecken können, wenn das Jugendamt und das Gericht tatsächlich daran interessiert gewesen wären, wie es unserer Tochter wirklich ging und was sie durchmachen musste.

Vor diesem Hintergrund verwundert es nicht, dass meine Tochter nicht in der Lage war, klar auszudrücken, was wirklich in ihr vorging und was sie tatsächlich wollte. Die jahrelangen Lügen und Intrigen ihrer Mutter hatten tiefe Spuren hinterlassen.

Noch während des Gerichtsverfahrens vertraute sie mir an – was ich dem gleichgültigen Richter mitteilte – dass sie Erwachsenen nicht mehr glauben könne. Dies galt selbstverständlich auch dem Richter selbst, allen beteiligten Fachkräften, sowie Eltern und Verwandten. Gründe dafür gab es genug: Die vielen gebrochenen Versprechen, die plötzlichen Beziehungsabbrüche, die sie natürlich nicht verstand, die schlechten Verhaltensvorbilder, der einseitige Mangel an ›bedingungsloser‹ Zuneigung – allesamt verursacht durch ihre Mutter – stärker noch im Zuge des Verfahrens und bereits von Beginn an deutlich erkennbar.

Dabei ging es nicht nur um vergleichsweise banale Dinge wie den provisorischen Pool im Garten, der ihr für Partys mit Freunden versprochen, dann aber bei Defekt einfach wortlos entsorgt wurde, anstatt repariert zu werden. Viel schwerer wog vor allem, dass die im Verlaufe des Verfahrens fremdbestimmten neuen Umgangsvereinbarungen konsequent missachtet wurden und ihr auch vor Gericht zugesichertes Mitspracherecht nie im versprochenen Umfang gewährt wurde, ein weiterer gravierender jedoch vorhersehbarer Vertrauensbruch nun zulasten des Kontaktes mit ihrem Papa.

Sydneys Haltung dazu war bezeichnend: »Ich weiß allein, was das Beste für unsere Tochter ist«, erklärte sie wortwörtlich, »sie kann nichts entscheiden.« Vor Gericht behauptete sie dann natürlich das glatte Gegenteil – sie folge lediglich den Wünschen unserer Tochter, unterstützt durch die Beteuerungen der Fachkräfte und des Richters, die unserer Tochter eilfertig versicherten, ihre Mutter meine es diesmal ernst und natürlich, warf sie mir vor, solches geäußert zu haben, was von den Damen mit zur Schau gestellter Empörung konnotiert wurde.

Dass ich selbst jahrelang in der Kinder- und Jugendhilfe gearbeitet hatte, mit hervorragenden Referenzen, schien die beteiligten Damen vom Jugendamt und dem Verfahrensbeistand nur noch mehr zu motivieren, mich zu diffamieren und meine Äußerungen vor Gericht als ›Unsinn‹ abzustempeln. Darin schienen sie einander nicht bloß einig zu sein, sondern sich gegenseitig übertrumpfen zu wollen, anstatt ihren Aufträgen gewissenhaft nachzugehen und sich um unserer Tochter Wohlergehen zu bemühen.

Fachliche Kompetenz spielte offenbar keine Rolle – es ging eindeutig nicht um das Wohl meiner Tochter. Hätten sie nur die Schule, die Kita, die Freunde oder Verwandten befragt, hätten sich meine Sorgen bestätigt und Sydneys Lügen entlarvt. Vor allem hätten sie erkennen müssen, wie dringend gehandelt werden musste – denn die Mutter gefährdete das Kindeswohl akut.

Doch statt dessen wurde ich als Problem dargestellt: Ich würde die Aussagen meiner Tochter unreflektiert übernehmen, hieß es. Dabei hatten sie selbst nie ernsthaft versucht, zu verstehen, was in meiner Tochter vorging. Sie hatten nie mit ihrem gewohnten Umfeld gesprochen, nie die notwendigen Informationen eingeholt.

Es ging nur noch darum, Recht zu behalten – nicht um das Kindeswohl. Dabei stellte ich alle Informationen zur Verfügung, war transparent über die Schmerzgrenze hinaus, war immer kooperativ, beklagte mich nicht über die Demütigungen, sondern tat alles was verlangt wurde und noch vieles darüber hinaus – obwohl ich nervlich am Ende, vor allem war aus Sorge und Angst.

Stattdessen schien es die ›Kolleginnen‹ zusätzlich zu provozieren, dass ich mittlerweile ebenfalls im öffentlichen Dienst für die Stadtverwaltung arbeitete – wenn auch nicht im Jugendamt, sondern im Sozialamt – doch wie geschildert – statt professionell zu handeln, betrieben sie offene Diskreditierung.

Ihre falschen Angaben waren leicht nachweisbar – und ich bewies sie. Doch es änderte nichts, ich stieß auf eine Mauer der Ignoranz und systematischer Verleugnung.

Sydney behauptete des weiteren unverfroren, ich hätte sie gezwungen, eine Ausbildung zu machen –

eine weitere krude Anschuldigung, die trotz fehlender Belege zu meinem Erstaunen von den Damen ernst genommen wurde, ich war trotz aller Vorerfahrungen erneut entsetzt über das Ausmaß an Absurdität. Dabei hatte ich ihr lediglich geholfen, einen Lebenslauf zu schreiben und Tipps zur Berufs- und Arbeitssuche gegeben – auf ihren eigenen Wunsch hin.

Als ich später erfuhr, dass sie in den Niederlanden als Pflegeassistentin arbeiten musste – etwas, das sie in Deutschland stets abgelehnt hatte – wurde mir erneut die traurige Ironie ihrer Worte offenbar.

Meine Recherchen deckten wie zuvor beschrieben auf, dass Sydney während ihres Niederlande-Aufenthalts Sozialbetrug beging, indem sie falsche Adressen in Deutschland für sich und unsere Tochter angab, das wurde eindeutig bestätigt als ich verpflichtet wurde, die Mittel für sie und meine Tochter zurückzuzahlen, welche sie unrechtmäßig erschlichen hatte und sich dementsprechend stichhaltig belegen lässt.

Allerdings bereits Jahre zuvor hatte die Stadtverwaltung Wind davon bekommen und eine Adressprüfung vornehmen lassen. Damals hatte ein Außendienstmitarbeiter der Stadtverwaltung der die Adresse anfuhr festgestellt, dass sie nicht unter angegebener Adresse lebte und ich musste bestätigen, dass meine Tochter bei mir lebte und der Sozialhilfeantrag für sie ungültig war.

Wie es dazu kommen konnte, dass Sydney dennoch weiterhin Sozialleistungen für unser Tochter und sich selbst erschleichen konnte, ist mir ein Rätsel und zeugt zusätzlich von ihrer kriminellen Energie.

Sydneys Rechtsvertreter leugnete all dies vehement – entweder aus mangelnder Recherche, was ich nach dessen Erfahrungen während des ersten Termins bezweifle, oder in bewusster Ignoranz der Fakten. Als ich ihn offen mit seiner Verantwortungslosigkeit gegenüber unserer Tochter konfrontierte, reagierte er mit theatralischem Gejammer und rief erfolglos nach richterlicher Intervention – eine peinliche Szene, die das bodenlose Niveau dieser Farce nur unterstrich.

Während des Verfahrens, als meine Tochter noch bei mir lebte, weigerte sich die Mutter beharrlich, an den Wochenenden mit unserer Tochter Hausaufgaben zu erledigen oder sie zu unterstützen, sich auf anstehende Klassenarbeiten vorzubereiten.

Ich musste den versäumten Stoff unter Druck der Lehrerin mit meiner Tochter komprimiert in kurzer Zeit nachholen, während die Mutter gleichzeitig behauptete, ich sei nachlässig – und obwohl der behandelnde Arzt ausdrücklich empfohlen hatte, die Schule solle nachsichtiger sein und es solle nicht zu viel Druck auf das Kind ausgeübt werden, aufgrund der Situation.

Das Attest lag der Schule, dem Jugendamt und dem Gericht vor, ebenso wie die Rückmeldung unserer Tochter, dass ihre Mutter mit ihr keine Schularbeiten machte, doch es interessierte niemanden.

Dieses Unrecht ist nicht wiedergutzumachen – vor allem nicht gegenüber meiner Tochter, die nicht abschätzen konnte, wohin all dies führen würde.

Sie hätte niemals so unter Druck gesetzt, in solche schwierigen Situationen gedrängt werden dürfen – schon gar nicht ohne Absprache mit ihrem behandelnden Arzt, ihrer Therapeutin und gegen den ausdrücklichen Willen des seit Jahren alleinerziehenden Elternteils.

Dass dies in herablassendem Ton abgestritten wurde, änderte nichts an den Tatsachen. Im Gegensatz zu allen anderen Beteiligten habe ich stets nach bestem Wissen und Gewissen die Wahrheit gesagt – und werde es auch weiterhin tun.

Doch meine Tochter und ich mussten auf die harte Weise lernen, dass Ehrlichkeit bestraft wird. Meine Tochter ist ein wundervoller Mensch. Bevor ihr all das genommen wurde, war sie ein fröhliches, aufblühendes Kind.

Ich kann mit Stolz sagen, dass meine Erziehung keinerlei Anlass zur Kritik bot. Erst das Verfahren raubte ihr einen Großteil ihrer Fröhlichkeit und Leichtigkeit – und die Möglichkeit, eine möglichst unbeschwerte Kindheit und Jugend zu erleben.

Diese unnötige Ungerechtigkeit führte zu massivem Druck, besonders wenn ich mit meiner Tochter unter der Woche die Schularbeiten nachholen musste, die ihre Mutter bewusst vernachlässigte.

An den Wochenenden sah ich sie kaum noch – wenn sie überhaupt kam, dann oft übermüdet und erschöpft. Mit perfider Systematik wurde unser Leben zerstört – mit behördlicher und sogar richterlicher Unterstützung.

Ich habe alles getan, um meine Tochter vor diesem himmelschreienden Unrecht zu schützen. Doch gegen diesen extremen Gegenwind war ich machtlos. Statt Hilfe für mein Kind zu erhalten, wurde ich weiter isoliert.

Natürlich hat mich das zutiefst erschöpft und meiner Energiereserven beraubt. Schließlich wurde mir jede Möglichkeit genommen, für meine Tochter da zu sein – genau das, was ihre Mutter in ihrem furchtbaren Rachefeldzug gegen mich ohnehin wollte.

All dies geschah in jener prägenden Lebensphase, die so entscheidend für ihre Zukunft ist. Die toxische Manipulation ging noch viel weiter, wie ich instinktiv spürte und wie sich später nur allzu grausam bestätigen sollte.

Durch diese Umstände und den fortwährenden Einfluss ihrer Mutter sowie weiterer fragwürdiger Bezugspersonen, wird meiner Tochter ein zutiefst verzerrtes Weltbild vermittelt.

Anstatt Authentizität, Aufrichtigkeit und zwischenmenschliche Wertschätzung zu lernen, wird ihr beigebracht, Menschen nach Äußerlichkeiten wie Vermögen, Aussehen und Machtpositionen zu beurteilen.

Erschreckenderweise fand diese fragwürdige Erziehungshaltung sogar deutlich Anklang bei der zuständigen Jugendamtsmitarbeiterin, die stets betonte, unsere Tochter habe es finanziell bei der Mutter viel besser, die ständig mit ihrer großen Mercedes-

Limousine direkt vor dem Haupteingang des Gerichts auf den kostenpflichtigen Parkplätzen vorfuhr.

Ein Argument, das offenbar alle anderen Bedenken übertrumpfte.

Ein Albtraum ohne Ende, bei dem die eigentliche Leidtragende das unschuldigste Wesen von allen war: mein Kind.

Diese Verhaltensmuster reihen sich nahtlos in Sydneys bisheriges Verhalten ein. Unglaublicherweise gelang es ihr früher irgendwie, die Telefonnummer meiner Freundin ausfindig zu machen, und sie fand tatsächlich die Zeit, diese zu kontaktieren, um meine Beziehung zu sabotieren – während sie gleichzeitig ihre eigentliche Verantwortung gegenüber unserer Tochter sträflich vernachlässigte.

Nach meinem Umzug in eine kleinere und günstigere Wohnung kontaktierte Sydney das Einwohnermeldeamt, um meine neue Adresse zu erhalten.

Sie hätte mich einfach fragen können – im Gegensatz zu mir hatte sie keinen Grund, mir zu misstrauen, doch sie zog wieder eine Show für das Gerichtsverfahren ab.

Anstatt gemeinsam eine gesunde Umgangsregelung für unsere Tochter zu entwickeln, konzentrierte Sydney ihre ganze Energie darauf, zu verletzen und zu zerstören – immer dann, wenn sie etwas nicht sofort und genau nach ihren Vorstellungen bekam.

Gleichzeitig übernahm ich weiterhin alleine die Kosten für die Offene Ganztagsbetreuung. Statt rechtliche Schritte zu unternehmen, nahm ich Kredite auf, um unseren Lebensunterhalt zu sichern, da weder das Jugendamt noch andere Stellen uns unterstützten, was meine Mittel, mich um meine Tochter zu kümmern, deutlich begrenzte.

Natürlich teilte ich im fortgeschrittenen Verlauf des Verfahrens – zermürbt von all den falschen Vorwürfen und Sorgen um meine Tochter – irgendwann schriftlich und wohl bedacht meine Erfahrungen, dass Sydney nicht davor zurück schreckte unsere Tochter zu schlagen und dies grundsätzlich als legitimes Mittel der Erziehung erachtete. Zum folgenden Verhandlungstag wurde allgemein empört getan – wie ich es wagen könne so etwas zu sagen.

Sydneys Rechtsanwalt hingegen, behauptete in absolut durchschaubarer und erbärmlicher Manier, »er habe ja eigentlich nichts sagen wollen« aber aufgrund meiner Behauptung müsse er nun »klarstellen«, dass ich es sei der unserer Tochter Gewalt angetan habe. Wie so oft, drehte Sydney mit ihrem willfährigen Rechtsvertreter einfach die Fakten um, ihr jedoch wurde das durchsichtige Spiel abgekauft – zumindest tat man so.

Unsere Tochter hatte mir noch kurz vor Beginn des Gerichtsverfahrens berichtet, dass ihre Mutter sie schlägt und ihre Mutter – als ich sie erneut zur Rede stellen wollte – tat dies erneut damit ab, dass sie selbst entscheide, wie sie unsere Tochter behandele und Gewalt dazu gehöre.

Nachdem ich meine Bedenken diesbezüglich vor Gericht geäußert hatte, behauptete dieser Rechtsvertreter nun wortwörtlich, ich »züchtige« meine

Tochter mit Schlägen, leicht durchschaubare Schutzbehauptung, doch die Jugendamtsmitarbeiterin pflichtete umgehend bei, erklärte eifrig, unsere Tochter werde von mir geschlagen.

Anstatt meine zuvor schriftlich eingereichten berechtigten Sorgen zu besprechen, wurde ich weiterhin wie ein Verbrecher behandelt und nun wurde mir ohne Grund Gewalttätigkeiten unterstellt – eine Anschuldigung, die erst widerlegt wurde, als meine Tochter unter Tränen gegenüber dem Richter aussagen musste, dass die Vorwürfe ihrer Mutter unwahr waren. Eine weitere traumatisierende Erfahrung, die sie nie hätte durchmachen dürfen. Unsere Tochter musste erneut unter Stress und Bauchschmerzen vor dem Richter erscheinen , um dem mitzuteilen, dass ich sie nicht geschlagen habe, lediglich hatte ich ihr einmal vor Schreck einen Klaps auf den Fahrradhelm gegeben, als sie mit dem Fahrrad fast vor ein Auto gefahren wäre und ich sie in letzte Sekunde zurückhielt.

Nachdem der Richter die Erklärung unserer Tochter angehört hatte, nahm er dies weder zum Anlass, die Mutter für ihr schädigendes manipulatives Verhalten zur Rechenschaft zu ziehen, noch sah er sich veranlasst, meine Auskünfte zur Gewalttätigkeit gegenüber unserer Tochter seitens der Mutter auch nur ansatzweise zu berücksichtigen.

Später, etwa ein Jahr nach Beendigung des Verfahrens, erklärte meine Tochter mir, das ihre Mutter sie extrem bedrängt und ausgequetscht hatte, um etwas herauszufinden, was sie gegen mich vorbringen konnte und sie nötigte, zu behaupten ich hätte sie geschlagen.

Dass dabei massiv Fehler gemacht worden waren, noch immer kein schriftliches Gutachten von der behandelnden Praxis für Kinder- und Psychotherapie auf Basis zahlreicher Sitzungen angefordert wurde – wie von mir gefordert – schien keine Rolle zu spielen. Tatsächlich hatte man längst beschlossen, mich Schritt für Schritt aus dem Leben meiner Tochter zu drängen.

Hinter den Kulissen hatte man längst eine Strategie festgelegt: Da es keine Anhaltspunkte für eine Kindeswohlgefährdung meinerseits gab, konnte man nicht einfach schnell handeln.

Stattdessen wurde Schritt für Schritt daran gearbeitet, mich aus der Erziehung und dem Leben meiner Tochter zu drängen – obwohl sämtliche Fachkräfte mehrfach bestätigt hatten, dass sie bis dahin hervorragend erzogen worden war.

Da – trotz aller Anstrengungen etwas zu finden – keine Kindeswohlgefährdung meinerseits vorlag, funktionierte es zum Ungemach der übrigen Beteiligten nur langsam und schleppend – aber systematisch und kontinuierlich, behördlich effizient.

Besonders perfide war, wie Sydney wiederholt unsere Tochter instrumentalisierte, um mich mit gezielten Inszenierungen zu verletzen und in Misskredit zu bringen. All dies trug weiter zum Schaden unserer Tochter bei, die abgesehen von der körperlichen Gewalt genau wegen solcher Vorfälle in Therapie war – wegen des auffälligen und nachweislich kindeswohlgefährdenden Verhaltens ihrer Mutter.

Sydney nutzte die Unterstützung – welche sie im Rahmen der Gerichtsverhandlung erfuhr – um ihre Lügenkampagne gegen mich intensivieren. Ihre erfundenen Geschichten waren nicht nur in manchen Details falsch, sondern von Grund auf konstruiert – und dennoch erfolgreich in ihrem Ziel, mich zu diffamieren. Besonders perfide war die auch Behauptung, ich würde den Kontakt zu meiner Familie unterbinden – schließlich waren sie und meine Mutter es, die den Großteil der Familie und die engsten Bezugspersonen systematisch und skrupellos ausgrenzten.

Dementsprechend eine glatte Lüge, die das Gericht dennoch dazu nutzte, die engen familiären Bindungen meiner Tochter systematisch zu zerstören, sämtliche Kontakte waren nun bloß auf ein Minimum reduziert möglich.

Die Ungleichbehandlung von uns Eltern zeigte sich bereits früh im Verfahren besonders deutlich bei der Umgangsregelung: Während unsere Tochter noch bei mir lebte, schlug die inkompetente Jugendamtsmitarbeiterin plötzlich vor, den Umgang beim mir auf ein Wochenende monatlich zu reduzieren – eine fachlich wie moralisch mehr als fragwürdige Maßnahme, die nur als gezielte Entwöhnung vom gewohnten Umfeld interpretiert werden kann.

Dies würde bedeuten, unsere Tochter praktisch von jetzt auf gleich nahezu vollständig dem gewohnten und sicheren Umfeld zu entziehen, was noch zusätzlich das fachlich katastrophale Versagen dieser Frau entlarvt. Jedoch, mein Widerspruch dagegen schien die Beteiligten nur zu verärgern – eine Reaktion, die angesichts der gravierenden Konsequenzen für das Kindeswohl kaum nachvollziehbar ist.

Anstatt die von mir genannten Zusammenhänge ernst zu nehmen, wurde das Verfahren weiter in dieser Richtung vorangetrieben, immer mehr war offensichtlich, es ging nicht um das Wohl eines

Kindes, sondern um einen Machtkampf, in dem jedes Mittel recht schien.

VERHÖHNUNG

Die Erinnerung an einen besonders verstörenden Vorfall brannte sich mir unauslöschlich ein. Kurz vor einem der letzten Verhandlungstage inszenierte Sydney mit aktiver Unterstützung meiner Mutter eine perfide Szene, in die sie auch unsere Tochter direkt einband.

Angeblich – so wurde behauptet – habe ich meine Tochter nicht von der Schule abgeholt, deshalb habe Sydney die Großmutter bitten müssen – in Anbetracht der Tatsache, dass sie es war, die unsere Tochter etliche Male hatte sitzenlassen, eine weitere billige Revanche auf Kosten unserer Tochter.

Allzu gerne beeilte sich meine Mutter sofort, ihre unvorbereitete Enkelin an der Schule abzufangen, die üblicherweise gerne noch eine Weile mit ihren Freundinnen in der offenen Ganztagsbetreuung spielte und dies jahrelang sehr genossen hatte.

Unter Druck musste meine Tochter bestätigen, ich sei angeblich nicht zu Hause gewesen – eine glatte Lüge. Sydney präsentierte sogar einen pathetisch formulierten Eilantrag ihres Rechtsvertreters, der sich für nichts zu schade zu sein scheint und sich offenbar nur zu gerne von seiner neuen ›Social-Network-Freundin‹ Sydney einspinnen ließ, weiterhin ohne den offensichtlich mangelnden Wahrheitsgehalt der Äußerungen ernst zu nehmen.

Meine Tochter litt unter furchtbaren Bauchschmerzen und Übelkeit, als meine Mutter sie in der Schule abfing – ein Manöver, das Sydney selbst schon zu oft eingesetzt hatte. Die ganze Situation war absurd: Wie hätte meine Tochter etwas von meiner angeblichen Abwesenheit wissen sollen?

Ohne sie darauf angesprochen zu haben, berichtete meine arme Tochter mir später mit schlechtem Gewissen, dass ihre Mutter sie auch hier zum Lügen gedrängt hatte. Zutiefst traurig und besorgt versuchte ich sie zu beruhigen: »Ich bin froh, dass du mir das erzählst. Du hast nichts falsch gemacht.« Da umklammerte sie mich zitternd und schluchzend, ließ erst nach Minuten wieder los.

In ihrer Aufregung vergaß meine Mutter nicht nur das Fahrrad unserer Tochter in der Schule, sondern auch ihre dringend benötigten Medikamente – das Kind war ohnehin schon krank, der emotionale Stress kam noch dazu.

Meine Mutter behauptete später erneut, sie »habe damit nichts zu tun« gehabt, erneut musste ich feststellen, ihre ewige Missgunst mir gegenüber wird nur noch von ihrer Niedertracht übertroffen.

Im Gerichtsverfahren wurde nun ohne Vorwarnung an mich eine sogenannte »Teste-Zeit« angeordnet – mit meiner Tochter im Gerichtssaal in Anwesenheit aller abgesprochen als kurzes Ausprobieren für zwei bis drei Wochen bei ihrer Mutter, dem stimmte ich genötigt zu. Doch dann der Schock: Entgegen der Absprache beschloss der

Richter unrechtmäßig eine »Einigung« für einen Zeitraum von fast vier Monaten, mir wurde gar kein Mitspracherecht mehr eingeräumt.

Meine Tochter hatte sich nur widerstrebend auf diesen kurzen Versuch eingelassen, ebenfalls in Anwesenheit aller Beteiligten mehrfach nachgefragt und sich versichern lassen, dass sie jederzeit zurückkommen und das abbrechen könne. Die Damen vom Verfahrensbeistand und Jugendamt überschlugen sich fast – unserer Tochter zuzustimmen und ihr die »ganz tollen« Vorteile weiszumachen und dass sie immer zurück und ihren Papa sehen könne. Keineswegs kann man ihre Antwort als von vornherein affirmativ betrachten, sie wurde ebenso gedrängt wie ich. Sie war natürlich von Anfang an überfordert und wurde ebenso wie ich belogen und vor vollendete Tatsachen gestellt.

Zweifel durfte ich meinerseits offenbar nicht vor meiner Tochter anbringen, aber anscheinend war es legitim, mich weiterhin wie einen Schwerverbrecher vor meiner Tochter zu behandeln, der nichts zu sagen habe.

Entgegen den noch folgenden offiziellen Behauptungen hatte das Jugendamt wie, wie zuvor erläutert – keineswegs, wie vereinbart, mit den zuständigen Fachkräften oder Beteiligten in Neuss gesprochen. Stattdessen nahm es – ohne mein Wissen – bereits Monate vor der sogenannten »Teste-Zeit« Kontakt mit der niederländischen Schule meiner Tochter auf und leitete weitere Schritte ein.

Nicht nur dass, anstatt die Klassenlehrerin in Deutschland über ihre Erfahrungen zu befragen, wie im Gerichtssaal angeordnet, so erzählte sie mir hinterher, habe die Jugendamtsmitarbeiterin sie angerufen und ihr gesagt, dass dem Umzug von beiden Eltern einvernehmlich zugestimmt worden sei und der Richter ihn deshalb angeordnet habe, auch das ist natürlich unrechtmäßig.

Dies geschah lange bevor der spätere Gerichtsbeschluss überhaupt erging, der dann voller falscher Darstellungen stecken sollte.

Besonders schwer wog die Tatsache, dass ich zu diesem Zeitpunkt noch das uneingeschränkte Sorgerecht innehatte – ein Recht, das ich in der Praxis jedoch nicht ausüben konnte, weil ich durch die systematisch von den Behörden daran gehindert wurde. Das Gericht ignorierte völlig, dass ich jahrelang die alleinerziehende Hauptbezugsperson meiner Tochter gewesen war, und riss sie gegen alle fachlichen Empfehlungen aus ihrem gewohnten Umfeld.

Das Konstrukt einer »Teste-Zeit« war von Anfang an eine Farce, es war nie beabsichtigt worden, dass meine Tochter jemals zu mir zurückkehren würde – meiner Tochter wurde ebenso vom Richter die Unwahrheit gesagt, sie stand in den folgenden Monaten schutzlos unter massivem Druck, sich zu fügen, was man später dann als ihren »freien Willen« interpretierte.

Am Ende blieb nur die bittere Erkenntnis: Die Behörden hatten längst ihre eigenen Pläne verfolgt, während wir – mein Kind und ich – nur noch Figuren in einem Spiel waren, dessen Regeln ohne uns gemacht wurden.

Als die bezeichnete »Teste-Zeit« begann, musste ich einen weiteren Kredit aufnehmen – beziehungsweise wurde mir glücklicherweise ein Kredit knapp bewilligt – da die Umsetzung des vereinbarten Umgangs – jedes zweite Wochenende und die Hälfte der Ferien – mit öffentlichen Verkehrsmitteln, insbesondere ohne die vereinbarte, jedoch verweigerte Mitwirkung der Mutter nicht möglich war.

Ich kaufte ein kleines Auto, um meine Tochter in den Niederlanden abholen zu können – was Sydney Die darauffolgende Begründung ist ebenso absurd wie fadenscheinig sichtlich sehr missfiel. Sie verhielt sich unkooperativ: Ich durfte nicht ins Haus, sollte nach ihrem Willen im Auto sitzen bleiben, wurde an der Straße bedroht und provoziert, die Nachbarn starrten hinter den Vorhängen, was meiner Tochter natürlich extrem peinlich war. Termine wurden wie gewohnt kurzfristig und oft erst vor Ort abgesagt.

Weder das Jugendamt noch die Gerichte oder das Außenministerium zeigten sich verantwortlich oder hilfreich.

Sydney nutzte die Situation perfekt aus. Mit billigen Klischees und gezielten Lügen manipulierte sie weiterhin das Verfahren. Ein besonders peinlicher Moment war, als die Verfahrensbeiständin sich zwischen mich und meine Tochter drängte – so tat, als müsse sie meine Tochter vor mir beschützen, und behauptete, bisher hätten sich »beide Eltern« um sie gekümmert.

Doch meine Tochter widersprach sofort: »Nein, bisher hat Papa sich um alles alleine gekümmert.« Die Verfahrensbeiständin bestand trotzdem auf ihrer falschen Aussage – ein eindeutiges Zeichen ihrer Voreingenommenheit sowie ihrer evidenten pädagogischen Inkompetenz, doch meine Tochter widersprach ihr auch ein weiteres Mal, was mich – insbesondere angesichts der Situation – bis heute ungemein stolz auf sie macht und zeigte, sie ließ sich nicht gänzlich brechen.

Was die widerrechtlich angeordnete »Teste-Zeit« betraf, hielt ich mich trotz meiner Ablehnung und der klaren Erkenntnis, wie schädlich das ganze Vorgehen für meine Tochter war, bewusst zurück. Um die Situation nicht noch zu verschlimmern, verhielt ich mich ihr gegenüber stets vorbildlich.

Obwohl die Mutter sich nicht an Absprachen hielt, bestand ich nie übermäßig auf meinem Recht, sondern versuchte, ihr entgegenzukommen und Konflikte zu vermeiden. Doch statt auf diese Deeskalation einzugehen, sah ich mich ständigen Provokationen ausgesetzt.

Dass meine Tochter monatelang durch Gericht und Jugendamt zusätzlich belastet worden war, dass ein psychologisches Gutachten für sie eine Qual darstellen würde, wurde mir nun als Vorwurf umgedreht.

Der Richter warf mir allen Ernstes vor, ich allein sei schuld an der unerträglichen Länge des Verfahrens, weil ich mich standhaft weigerte – aus guten Gründen – die vehement geforderte sogenannte

»Einigung im Sinne der Kindesmutter« zu akzeptieren.

Diese Formulierung an sich stellt einen Affront dar: diskriminierend und unmoralisch, fachlich wie rechtlich absurd und ein direkter Widerspruch zu den Fakten, die ich mit Belegen profund untermauert hatte.

Der Richter wurde sehr ungehalten, da er nun erst zu realisieren schien, dass er den Abschluss des Verfahrens nicht länger als erfolgreiche Einigung verbuchten konnte.

ENTRECHTUNG

Es war noch während dieses Verhandlungstages Ende August 2017, ausgerechnet am zehnten Geburtstag meiner Tochter, da fiel die Entscheidung durch den Amtsrichter. Basierend auf all den Lügen der Mutter, obwohl ich diese zumindest größtenteils hatte widerlegen können. Ich war wie betäubt und wähnte mich gefangen in einem dystopisch faschistoiden Paralleluniversum, ich konnte mich nicht länger in einem ›funktionierenden Rechtsstaat‹ befinden und konnte kaum fassen, was ich nun anzuhören ertragen musste – es war alptraumhaft und dauerte eine ganze Weile – wobei ich es auch heute noch nicht vollends erfassen kann.

Statt eine nachhaltige Lösung im Interesse unserer Tochter zu finden, entzog man mir – widerrechtlich – das Aufenthaltsbestimmungsrecht und die Sorge für schulische Angelegenheiten.

Die darauffolgende Begründung ist ebenso absurd wie fadenscheinig: Der Schulbesuch meiner Tochter solle – durch mich – nicht gefährdet werden.

Dabei war es die Mutter gewesen, die sie regelmäßig vor Schulschluss abfing, Hausaufgaben boykottierte und sie teilweise wochenlang von der Schule fernhielt – auch in den Niederlanden. Bereits Jahre zuvor hatte sie durch eine Kindesentführung das erste Gerichtsverfahren ausgelöst.

Dass mir das Sorgerecht nicht vollständig entzogen wurde, lag einzig und alleine daran, dass es trotz eifriger Suche und Konstruktion falscher Sachverhalte, keinerlei Beweise für die schweren Vorwürfe gegen mich gibt – meine traumatisierte Tochter hatte besagte Anschuldigungen zudem allesamt widerlegt. Doch selbst diese Teilentscheidung ist rechtswidrig und sollte leider noch zu nachhaltigen schrecklichen Auswirkungen für meine Tochter führen.

Eine einfache Umgangsregelung hätte gereicht. Stattdessen wurde alles zerstört. Schon 2010, nach der ersten Anhörung, hatte Sydney meine Tochter entführt. Nun behauptete sie dreist, ich hätte ihr unsere Tochter »weggenommen« – und wurde darin sogar vom Jugendamt bestärkt.

Der Richter wiederholte ihre Lügen, ignorierte Beweise. Was in der Vergangenheit passiert war, spiele angeblich keine Rolle – doch gleichzeitig rechtfertigte er seine Entscheidungen mit konstruierten Vorgängen aus der Vergangenheit. Ein weiterer offensichtlicher Widerspruch.

Dass ausgerechnet die Mutter für die Fehlstunden verantwortlich war – die bei Weitem nicht so zahlreich waren wie behauptet – dass sie unsere Tochter oft vor Schulschluss abpasste und früher abholte, dass sie sich weigerte, bei Hausaufgaben mitzuwirken, und dies sogar als Mittel nutzte, um unserer Tochter das Leben bei mir und in der Schule zusätzlich zu erschweren, dass sie schulische Pflichttermine boykottiert und unsere Tochter bereits Jahre zuvor entführt hatte, all die deutlichen Widersprüche und eindeutigen falschen Angaben und alle berechtigten Sorgen – all das wurde schlicht und einfach ignoriert.

Obwohl ich mehrfach erklärte, dass die Fehlzeiten entstanden, weil Sydney meine Tochter oft erst eine Woche später zurückbrachte – was die ganze Schule mitbekam.

Ich hatte Textnachrichten von Sydney, die das belegten. Die ehemalige Klassenlehrerin meiner Tochter hätte das bestätigen können, sie hatte das damals beklagt und auch, dass wenn unsere Tochter dann aus den Niederlanden zurückkam, sie montags völlig übernächtigt war, da ihre Mutter sie erst spät nachts nach Hause brachte. Zumal auch leicht überprüfbar gewesen wäre, dass Sydney unsere Tochter regelmäßig den Unterricht fernhielt, auch bereits während des Gerichtsverfahrens, auch während der so genannten »Teste-Zeit«, worauf ich ›Querulant‹ mehrfach verwiesen hatte, bloß um günstiger in Urlaub zu fliegen oder fahren.

Allerdings war dem Richter das eindeutig gleich, obwohl Sydney dem Richter ausdrücklich zugesagt hatte, dies nicht mehr zu tun. Der Richter gab vor, dieser Zusage zu glauben, wobei er offensichtlich und nachweislich unaufrichtig war, da er nicht auf Hinweise über das Fehlen während der Schulzeit von mir und von der Schule reagierte. Gesetzlich festgeschriebenes Recht wurde zurechtgebogen, gar gebrochen, sogar durch den zuständigen Richter.

Sydney reagierte auf das gesamte Verfahren mit einer beunruhigenden Nonchalance, die an Zynismus grenzte. Mit feixendem Lächeln und hämischem Unterton machte sie sich unter anderem mir gegenüber offen über den Richter und die beiden beteiligten Fachkräfte lustig – mit der selbstgefälligen Attitüde einer Siegerin.

Die Entscheidung des Gerichts war nicht nur falsch, sondern eine gezielte und vorsätzliche Fehlentscheidung, die ich bis heute schwer verkrafte, insbesondere da deren Folgen für meine Tochter so schwerwiegend sind.

Mein ehemaliger Anwalt nannte mich nun genervt und ungeniert einen »Ehrlichkeitsfanatiker«.

Derselbe Anwalt, der mir am ersten Verhandlungstag gratuliert hatte, wie »hübsch« die »Latina«-Mutter meiner Tochter sei. Bald sollte sich noch herausstellen, wie wenig ernst er das Wohl meiner Tochter und sein Mandat nahm.

Ich war völlig fassungslos angesichts all der grausamen Entwicklungen. Von Anfang an habe ich alles getan, um meine Tochter zu beschützen und zu unterstützen.

Doch nun lebt sie in einem Umfeld umgeben von Menschen, die keineswegs wissen und zu schätzen wissen, wie unsere Tochter, in Ihrer Kita- und ersten Hälfte der Grundschulzeit und vor allem mit ihrer Kernfamilie, blühte vor Glück.

Nicht nur, dass man ihr den Vater nahm, sie wurde gezwungen, ihn aktiv zu diskreditieren und gleichzeitig ihre gesamte Kindheit sowie einen Großteil ihrer Jugend zu verleugnen.

Dennoch brachte sie die Stärke auf, die Anschuldigungen vor diesem Amtsrichter zurückzunehmen und mich später offen dazu anzusprechen, da es sie belastete, was mich bis heute mit großem Stolz erfüllt.

Dieses Unrecht wurde ihr im Zuge des Verfahrens angetan, verstärkt auch durch die boshaften und selbstsüchtigen Einmischungen ihrer Großmutter. Die quälende Frage bleibt: Wird sie diese Last ihr ganzes Leben mit sich tragen müssen?

Meine Sorge ging jedoch noch tiefer. Immer wieder überkam mich die bohrende Angst, die Mutter könnte erneut die Kontrolle verlieren und sich meiner Tochter gegenüber körperlich gewalttätig zeigen – zusätzlich zu der emotionalen Gewalt, die sie dem Kind bereits täglich zufügt.

Mehrere Nervenzusammenbrüche blieben nicht aus, doch ich ließ mir so wenig wie möglich anmerken und kämpfte weiter – was mich nur noch mehr in Ungnade fallen ließ. Jeder kleine Flüchtigkeitsfehler, jede auch noch so unbedeutende kleine Ungenauigkeit in meinen Aussagen wurde registriert und umgehend gegen mich verwendet. Dabei waren diese »Argumente« nichts weiter als Ablenkungsmanöver – um die eigenen Lügen und die kriminellen Machenschaften in den Protokollen und dem rechtswidrigen Beschluss zu vertuschen, anstatt dem Auftrag zu folgen.

Erst viel später sollte ich traurigerweise erfahren, das meine Sorgen sogar weit übertroffen wurden, wie meine eigene Mutter scheint Sydney jedes Maß an Einfühlungsvermögen zu missen.

Die Beziehung zwischen meiner Tochter und mir war früher grundsätzlich von Offenheit und Ehrlichkeit geprägt, bis das Verfahren alles zerstörte. Dabei wäre die Lösung so einfach gewesen: Hätte man sich an den jahrelang bewährten Umgang gehalten, für die Wochenenden bei der Mutter eine eindeutige Regelung gefunden, dann wären meiner

Tochter unzählige Qualen erspart geblieben – und alle Möglichkeiten für eine unbelastete Zukunft stünden noch offen.

Doch stattdessen musste sie durch ein zermürbendes Verfahren, dessen Langzeitfolgen meine Tochter bis heute schwer belasten – gelinde ausgedrückt. Die psychischen Belastungen, die sie durch die vorangegangenen Konflikte mit ihrer Mutter erlitten hatte – Alpträume, Konzentrationsschwierigkeiten, sogar Gedächtnisprobleme – hätten dringend weiter behandelt werden müssen, wie in der Diagnose der Praxis festgestellt.

Doch die Therapie wurde vom Gericht abgebrochen, ohne den behandelnden Facharzt zu konsultieren, der unsere Tochter seit Jahren kannte, als rücksichtslos diese unrechtmäßige so genannte »Teste-Zeit« angeordnet wurde, um sich der Verantwortung zu entledigen.

Die darauffolgende Enttäuschung war ebenso tiefgreifend wie vorhersehbar, als Sydney sich wieder einmal nicht an ihre Zusagen hielt. Diese ständige Diskrepanz zwischen Ankündigung und Realität, zwischen Versprechen und tatsächlichem Verhalten, schuf eine Atmosphäre des tiefen Misstrauens.

Jede erneute Enttäuschung bestätigte die Überzeugung unserer Tochter, dass Erwachsenen nicht zu trauen sei – eine Überzeugung, die durch das Verhalten genau jener Personen, die eigentlich für ihr Wohlergehen sorgen sollten, wie ihr erklärt wurde, nur weiter verfestigt wurde. Besonders perfide war dabei die Rolle des Gerichts, das durch seine unkritische jedoch eifrige Unterstützung von Sydneys leeren Versprechungen letztlich zum Komplizen dieser Vertrauensbrüche und der auch noch folgenden Misshandlungen meiner Tochter wurde.

Ich hatte meiner Tochter versprochen, sie zu beschützen – vor dem Ungemach, den Ungerechtigkeiten, den Lügen und dem ständigen Hin und Her. Doch ich vermochte es nicht, dieses Versprechen zu halten. Die Umstände gerieten außerhalb meiner

Kontrolle: Brutal, rechtswidrig und ohne Rücksicht auf zwischenmenschliche, familiäre Bindungen und das Wohlergehen meiner Tochter.

Bevor alles zerbrach, hatte meine Tochter mir noch immer vertraut. Sie war offen und ehrlich zu mir, wie ich es zu ihr war. Doch das änderte sich durch die fragwürdigen Einflussnahmen während dieser Zeit. Sie wurde gezwungen, den Richter, die beteiligten Fachkräfte und sogar mich anzulügen – unter dem massiven Druck ihrer Mutter, der durch die gezielte Unterstützung ihrer Oma noch verstärkt wurde.

In der Folge konnte sie nicht mehr normal mit mir reden. Sie vermied es, mir in die Augen zu sehen, und litt sichtlich. Ohne jegliche Unterstützung von außen konnte ich diese Situation nicht ausgleichen. Von allen Seiten wurde ihr vermittelt, sie solle sich von mir distanzieren und sich stattdessen an ihrer Mutter orientieren – ganz so, als sei das selbstverständlich, die natürliche Ordnung.

VERRAT

Erst viele Monate später sollte ich, nach mehrfacher Rückfrage, den Gerichtsbeschluss als Kopie vom Amtsgericht Neuss zugestellt bekommen. Monatelang hatte ich bei meinem Rechtsanwalt immer wieder nachgefragt, keine Reaktion, was mich zutiefst misstrauisch machte.

Als ich den Beschluss des Amtsgerichts Neuss endlich in Händen hielt, war es bereits zu spät. Die Frist für den Widerspruch war verstrichen. Monatelang hatte er mir das Dokument vorenthalten. Und dann, als wäre dieser Vertrauensbruch nicht genug, erfuhr ich: Er hatte ohne mein Wissen ein Verfahren vor dem Oberlandesgericht Düsseldorf eingeleitet. Ohne mich zu fragen. Ohne meine Zustimmung.

Dass er meine Tochter und mich, seinen Mandanten mit dem klaren Auftrag, den Rechtsbeistand zum Schutz eines unschuldigen und hilfebedürftigen Kindes, verraten hatte, schien ihn nicht zu stören. Stattdessen mimte er nun das Opfer.

Beleidigt, weil ich ihm nicht mehr vertraute und ihm umgehend das Mandat entzog. Empört, weil ich die nachweislichen Unwahrheiten in dem Beschluss anprangerte, die er wider besseres Wissen akzeptiert hatte. Und dann noch sein Gejammer, dass er nun die Kosten übernehmen musste – für ein Verfahren, das er selbst eigenmächtig begonnen hatte – und er an unserem Fall nichts verdiene.

Er behauptete dreist, er habe mir besagte Beschluss bereits vor Monaten zugestellt – ohne dies belegen zu können, da es nicht der Wahrheit entspricht, zuvor schickte er alles per E-Mail. Wie er schon sagte, ich bin ein »Ehrlichkeitsfanatiker«.

Das Bitterste war, ich konnte nichts tun. Ich war nervlich am Ende und finanziell ruiniert. Der Anwalt hatte bei seiner plumpen Antwort genau darauf spekuliert, dass ich zu geschwächt war, um ihn zur Rechenschaft zu ziehen.

Ironischerweise war dieser Anwalt aus Neuss mir von meinem Vater empfohlen worden – da er beruflich mit dessen ehemaligem Chef verbunden war. Doch kurz nachdem ich den verspäteten Beschluss erhalten hatte, und meinem Vater das ungehörige Schreiben des Anwalts weitergeleitet hatte, meldete der sich bei mir.

Statt wie versprochen beizustehen, warf er mir nun wörtlich vor, »unwürdig« zu sein und Schuld an dem Verlust seiner Enkelin zu tragen – beschimpfte mich auf niedrigstem Niveau, erst verbal und anschließend per obszöner Textnachrichten – er der mich seit meiner Kindheit als »arrogantes Arschloch« bezeichnet hatte, obwohl ich ihn jahrelang unterstützt hatte, als es ihm schlecht ging.

Lediglich hatte ich diesem Anwalt das Vertrauen entzogen und ihm, vollkommen zurecht, deutlich vorgehalten, was alles, was »schief gelaufen« ist, nachdem dieser Anwalt mir höhnisch geantwortet hatte, »da ist wohl einiges schief gelaufen«.

Da war ich noch von Verständnis und Unterstützung meines Vaters ausgegangen, es war nur eine weitere, wenn auch erwartbare, Enttäuschung .

Meine Eltern hatten mich zeitlebens emotional ausgenutzt, vor Jahren bereits versucht mich in ihren permanenten peinlichen Rosenkrieg hineinzuziehen und fortwährend versucht mich gegeneinander auszuspielen. Beide genossen es, meine Meinungen abzuwerten, mich als Idioten darzustellen – oder schlimmer – wenn ich nicht gerade gut genug für sie war, ihnen einen Gefallen zu tun.

Schon als Minderjähriger hatte mich mein Vater eines Abends rausgeworfen, nur weil ich ihm widersprach, ich habe es damals nie gewagt meine Eltern zu beschimpfen oder beleidigen, wie sie es taten.

Ich erinnere mich noch, wie erleichtert – ja befreit – ich mich fühlte, als ich mich auf den Weg zu einem Freund in der Nordstadt machte, doch meine Mutter rief mich auf dem Mobiltelefon an und überredete mich theatralisch zurückzukehren.

Wenige Monate später zog ich aus – in eine Wohngemeinschaft mit einem Bekannten, wenige Jahre später zog ich dann auf einen anderen Kontinent, natürlich auch um diesem toxischen Umfeld zu entkommen.

Jedenfalls, nach all dem war ich nicht einmal mehr überrascht. Ich brach den Kontakt zu meinem Vater ab, blockierte sämtliche weiteren Kontaktversuche – und lebe seitdem ohne Verbindung zu meinen Eltern, habe sämtliche unerträglichen und teilweise sehr erbärmlichen Kontaktversuche, zum Beispiel über meinen Arbeitsplatz, kategorisch unterbunden.

Vom ersten Verhandlungstag bis zum verheerenden Gerichtsbeschluss änderten sich auf wundersame Weise die Fakten, zum Teil um 180 Grad. Der

Amtsrichter, der zunächst noch eine Prüfung der eingangs von ihm selbst festgestellten eindeutig falschen und widersprüchlichen Angaben der Mutter oder meine vorliegenden Belege forderte, hat dies später ungeprüft abgetan und ohne mir Glauben schenken zu wollen – vollkommen unaufrichtig – in seinem Beschluss angeführt, um seine unrechtmäßigen Entscheidungen rückwirkend zu legitimieren.

Meine Erziehungsfähigkeit wurde mir abgesprochen – eine niederträchtige Ungerechtigkeit, die nicht nur mich traf, sondern insbesondere meiner Tochter eine gesunde Zukunft verbaut. Dabei hatte man immer wieder betont, wie gut erzogen sie war – ausschließlich durch mich. Diese Widersprüche entlarvten die falschen Aussagen im Gerichtsbeschluss als absurd.

Sydney nutzte den illegalen Beschluss, um mich in den Niederlanden weiter zu diskreditieren. Sie behauptete fälschlicherweise, unsere Tochter sei ihrem ›schlimmen‹ Vater ›entzogen‹ worden – und widersprach dabei sogar den deutschen Gerichtsvereinbarungen, wie schriftliche Dokumente belegen.

Die niederländischen Behörden rieten eindringlich zu einer einvernehmlichen Lösung im Sinne unserer Tochter und beider Eltern, doch Sydney blieb wie immer wortbrüchig. Die schwerwiegenden Folgen waren lange zuvor absehbar: Die Versprechungen der Mutter, kommuniziert durch das Neusser Gericht, meine Tochter könne mich »jederzeit besuchen oder anrufen«, wurden ignoriert.

Ich hatte es vorhergesehen, doch das Gericht und das Jugendamt schenkten meinen Warnungen keinen Glauben, der Richter wies mich daraufhin, die Mutter habe es versprochen und rügte mich, als ich während des letzten Verhandlungstages auf ihre zahlreichen nachgewiesenen Vereinbarungsbrüche verwies, sagte wortwörtlich, er »glaube« ihr, ich war trotz aller Vorerfahrungen während dieses Gerichtsverfahrens erneut fassungslos über ein derart unerträgliches Maß an Unaufrichtigkeit durch einen

Amtsrichter während eines offiziellen Gerichtsverfahrens in Neuss.

Wie gefürchtet offenbarte der schriftlich verfasste gerichtliche Beschluss ein erschreckendes Maß an Fehleinschätzungen, beziehungsweise wissentlich platzierten Falschangaben und Ungereimtheiten, die sich wie ein roter Faden durch das gesamte Verfahren gezogen hatten.

Jedoch, dieser endgültige Beschluss, beweisbar gespickt mit Lügen und unrechtmäßigen Sanktionen, löste einen weiteren Nervenzusammenbruch aus, meine Welt lag in Schutt und Asche.

Der Inhalt des Beschlusses ist ebenso verzerrt wie ernüchternd, zusammenfassend:

Die im Beschluss als angeblich »unbestritten« bezeichneten Umgangs- und Betreuungszeiten der vergangenen Jahre unserer Tochter sind nicht nur falsch, sondern eindeutig – wider besseres Wissen – durch den unaufrichtigen Richter eingefügt worden. Zudem, Sydney lebt angeblich erst seit 2014 in den Niederlanden – tatsächlich jedoch seit 2011.

Aufgrund der erschlichenen Sozialleistungen für sich selbst und für unsere Tochter, wollte sie unbedingt das spätere Datum in dem Beschluss – und setzte es durch. Der Richter kennt sogar die alte Adresse, durch offizielle Dokumente, welche durch das Jugendamt in die Gerichtsakten eingegangen sind, er wurde von mir informiert über die vom Einwohnermeldeamt nachgewiesenermaßen falsch angegebenen Meldeadressen um Sozialleistungen zu erschleichen, es wäre ein Leichtes, dies nachzuweisen, aber er ignorierte dies ›im Sinne der Kindesmutter‹.

Die Gründe für die Fehlzeiten bleiben angeblich ungeklärt, kein Wort zu meinen langen Erklärungen und vorgelegten Unterlagen, lediglich bezieht sich der Richter auf die »Berichte« von Jugendamt und Verfahrensbeistand, die einfach nicht nachgewiesene Behauptungen der Mutter wiedergeben.

Die Eltern sind laut Beschluss nicht in der Lage, einvernehmliche Lösungen in Umgang, Beratung oder Therapie zu finden – obwohl ich stets bereit war – Kooperation nicht nur grundsätzlich und umfassend zugestimmt, sondern angeboten und dementsprechend auch eingefordert habe. Jeder Versuch wurde von der Mutter blockiert.

Die laut Beschluss angeblich »gescheiterte« Mediation durch das Jugendamt? Sie hat nie stattgefunden. Verantwortlich dafür: die zuständige Sachbearbeiterin, der eindeutige und Beleg – der keinen Raum zur Interpretation lässt – liegt dem Gericht schriftlich vor.

Der Beschluss behauptet erneut, das Jugendamt habe mit den Therapeuten meiner Tochter gesprochen – eine weitere infame Unwahrheit. Das Gericht ignorierte den zugestellten schriftlichen Beleg, in Form eines offiziellen Schreibens der Praxis, dafür – sowie weiterer Diagnosen und Arztbriefe.

Einschränkungen der Erziehungsfähigkeit der Mutter konnten angeblich nicht festgestellt werden. Weil nie ernsthaft geprüft wurde. Vor-Ort-Termine in den Niederlanden fanden nicht statt, das dortige Umfeld blieb dem Gericht und den Fachkräften völlig unbekannt, jedoch zahlreiche offensichtliche Inszenierungen der Mutter auf Kosten unserer Tochter in Neuss, fanden anscheinend Anklang.

Des weiteren beinhaltet dieser Beschluss Lob für Sydneys »umfassende« Organisation der Beschulung in den Niederlanden – abgesprochen mit Gericht und Jugendamt hinter meinem Rücken. Dabei verweigerte sie zuvor jede Kooperation am Wohnort unserer Tochter in Deutschland mit Behörden, Schule, Ärzte, Therapie, Familie Freunde und vieles mehr.

Meine so genannte »Behauptung«, dass Sydney sämtliche meiner Erziehungs- und Förderbemühungen unterläuft, konnte angeblich nicht bestätigt werden. Tragisch-ironisch – das Gericht selbst ist darin schuldig. Es beendete sogar die Therapie, ohne die angeforderten Diagnosen zu berücksichtigen.

Es finden sich im Beschluss Falschangaben über familiäre und freundschaftliche Kontakte und Umgang – von frühester Kindheit bis heute – die durch den Gerichtsbeschluss unwiederbringlich zerstört wurden – worauf ich etliche Male hingewiesen hatte.

Angeblich wünschte sich unsere Tochter eine monatelange »Teste-Zeit«, was ebenfalls unwahr ist, in der Gerichtsverhandlung, vor Ort und in Anwesenheit aller Beteiligten, sagte sie dem Richter unter Druck zu, sie könne es einmal für zwei bis drei Wochen ausprobieren. In weniger als vier Monaten soll sie laut Beschluss Niederländisch gelernt haben – und sprach angeblich sogar Portugiesisch neben Deutsch – eine weitere unwahre Behauptung Sydneys, die der Richter ungeprüft in den Beschluss übernommen hat.

Seit 2016 wolle sie »ausdrücklich« bei der Mutter leben – ein Widerspruch zu früheren Aussagen, selbst denen des Richters und des Jugendamtes.

Dann das Geschwafel: Alles sei ganz ganz toll in den Niederlanden, neue Schule, neue Freunde, tolle Nachbarschaft. Unsere Tochter habe starke Bindungen zu beiden Eltern – aber keine Silbe über ihre

Abgebrochenen familiären Beziehungen, ihre Freundschaften in Deutschland. Alles ausgeblendet.

Des weiteren steht geschrieben, ich sei unfähig, damit umzugehen, dass meine Tochter anderen gegenüber andere Wünsche äußere als mir, meine Tochter habe das Gefühl, mich belügen zu müssen, damit ich nicht traurig sei. Das obwohl mir das nicht sogar bewusst ist, sondern ich ausführlich darauf hingewiesen hatte, da ihre Resilienzstrategien seit langem Thema in der mittlerweile seit Monaten abgebrochenen Therapie waren, ebenso wie über Sydneys perfide Ausgrenzungstaktiken, welche den massiven Loyalitätskonflikt unserer Tochter – mit voller Absicht – erst auslösten.

Kein Wort über die Alpträume unserer Tochter über ihre Mutter, dass sie sagte, ihre Mutter habe zwei Gesichter und vieles weitere. Kein Wort zu meinen stichhaltigen, belegten Argumenten und unwiderlegbaren schriftlichen Belegen. Meine ernsthaften Sorgen? In einem Nebensatz abgetan sollten sie sich später grausam bewahrheiten.

Da ich als Vater aufgrund meines Misstrauens nicht bereit sei der so genannten »gemeinsamen Erklärung« zur »Einigung im Sinne der Kindesmutter« zuzustimmen, so werde die Aufenthaltsbestimmung und schulische Entscheidungsgewalt allein bei der Kindesmutter liegen. Die Annahme, dass diese Maßnahmen dem Kindeswohl entsprechen, ist vollkommen falsch – ohne ernsthafte Prüfung, ohne tatsächlich fundierte Grundlage – und sollte sich noch als bitterer Fehler erweisen.

Zumindest wurde mir nicht länger vorgeworfen, dass ich angeblich wütend oder gar gewalttätig werde – zu diesen Vorwürfen steht in diesem Gerichtsbeschluss kein Wort, eben sowenig wie zu meinen Sorgen, lediglich mein Misstrauen wurde mir nun vorgeworfen und fälschlicherweise wie auch grob fahrlässig als mangelnder Kooperationswille umgedeutet.

In jener schmerzhaften Phase, die für meine Tochter und mich besonders belastend war, nutzte meine Mutter die Situation schamlos zu ihrem vermeintlichen Vorteil. Ihre pathologischen Bedürfnisse nach Aufmerksamkeit und ihre Neigung, andere zu verletzen, zeigten sich in voller Deutlichkeit.

Besonders perfide war ihr Vorgehen gegen die innige Beziehung zwischen mir und meiner schwer kranken Großmutter mütterlicherseits, deren Lebensende absehbar war. Meine Tochter und ich besuchten sie regelmäßig – bis meine Mutter und Sydney systematisch auch diese Verbindung im Rahmen des Gerichtsverfahrens zerstörten. Natürlich hatte meine Oma sich immer wieder über ihre Urenkelin und das Gerichtsverfahren erkundigt, wir telefonierten regelmäßig , bis meine Mutter begann ihr gegenüber schlecht über mich zu reden und mir verbieten wollte, mit meiner Oma zu reden, da ich ihr angeblich nicht gut tue.

Die Demütigungen setzten sich selbst nach dem Tod fort. Als meine Großmutter starb – einige Zeit nach Abschluss des Gerichtsverfahrens in Neuss – wurde ich bewusst von der Beerdigung ausgeschlossen. Meine Tochter dagegen wurde selbstverständlich zusammen mit ihrer Mutter eingeladen. Die von meiner Mutter veröffentlichte Sterbeanzeige nannte sämtliche engen Familienangehörigen – mit der bezeichnenden Ausnahme: Ich wurde nicht erwähnt.

Ein ähnliches Muster zeigte sich schon Jahre zuvor im Umgang mit meinem Großvater mütterlicherseits. Meine Mutter hatte ihm nie verziehen, dass er sie als Kind angeblich verlassen und sich somit – wie sie es gerne häufig ausdrückte – »als Vater disqualifiziert« habe. Dabei pflegte er stets ein herzliches Verhältnis nicht nur zu ihrer Mutter, also meiner Großmutter, sondern auch zu mir und sogar zu meinem Vater.

Doch meine Mutter selbst hatte den Kontakt zu ihrem Vater vor Jahren abrupt abgebrochen und begann hintenherum, zum Teil in der Öffentlichkeit, bösartige Anschuldigungen über ihn zu verbreiten und sehr schlecht über ihn zu reden, was ihn zutiefst verletzte und tieftraurig machte. Als sie jedoch bemerkte, dass wir ein gutes Verhältnis zueinander hatten, setzte sie alles daran, auch diese Verbindung zu sabotieren. Ohne jegliche Skrupel instrumentalisierte sie die verletzten Gefühle und Sehnsüchte des alten Mannes für ihre eigenen Zwecke und begann auch ihn systematisch in ihr krankes Spiel von Manipulation und Ausgrenzung hineinzuziehen.

Sowohl meine Mutter als auch Sydney verbreiteten auch nach Beendigung des Gerichtsverfahrens weiterhin bösartige Verleumdungen über mich, ungehemmter. Beide reagierten nicht auf Kontaktversuche um sie zur Rede zu stellen, selbst Provokationen auf ihrem eigenen Niveau fruchteten nicht, natürlich waren beide zu feige sich der Wahrheit zu stellen.

Schließlich blieb mir nichts anderes übrig, als Strafanzeigen gegen Sydney und meine Mutter zu stellen. Beide zogen ihre falschen Anschuldigungen vor der Polizei überraschend zurück – zumindest stand nun fest, dass beide gelogen hatten – in

Deutschland wurden offen keine Anschuldigungen mehr geäußert.

Doch der Schaden war bereits lange angerichtet. Meine Tochter lebt ebenso wie ich inmitten dieses Scherbenhaufen. Die einst engen Beziehungen von ihr zu meiner Oma, Tante und meinem Vater sind gekappt – etwas, das weder Jugendamt noch Gericht interessierte.

Keiner von ihnen durfte aussagen, obwohl sie es wollten und ich das Gericht darum gebeten hatte unsere Verwandten und ihre engsten Freunde anzuhören. Abgelehnt!

Meine Tochter passte sich an, versuchte verzweifelt und erschöpft es allen Recht zu machen, während sie innerlich zerbrach, sie merkte deutlich, als Vater hatte ich de facto keine Rechte.

Sydney konnte lügen – überzeugend und geduldet – ohne für sie deutlich spürbare Konsequenzen, kam sie praktisch immer damit durch, sogar mit Erfolg in ihrem Sinne, erreichte sie doch ihre Ziele.

ALBTRAUM

Als meine Tochter nach Monaten des Schweigens endlich wieder das Gespräch mit mir suchte – sie verbrachte die Weihnachtstage des Jahres 2018 bei mir – begann sie, mir von ihren Qualen zu erzählen. Inzwischen alt genug, um zu begreifen, wie ihr geschah, schilderte sie, wie sehr sie unter den Lügen litt, die sie für ihre Mutter hatte erzählen müssen.

Ständig wurde sie gezwungen, falsche Dinge über mich zu sagen — Dinge, die ihre Mutter ihr einredete. Sydney hatte ihr während des Gerichtsverfahrens versprochen, alles würde leichter werden, wenn sie nur mitspielte. Sie könne mich ja jederzeit sehen, sobald sie wolle. Eine grausame

Lüge, wie meine Tochter schmerzhaft erkennen musste.

In diesem ersten offenen Gespräch seit langer Zeit erklärte sie mir, dass sie auch ihre Mutter belog — so wie sie es selbst von Sydney gewohnt war. Sie sagte ihr nur das, was diese hören wollte. Eine Haltung, die ihr auch von den anderen Beteiligten fahrlässig nahegelegt worden war. Schließlich, so hatte ihre Mutter ihr erklärt, würde alles einfacher werden, wenn sie sich daran hielte.

Erst in diesem Dezember 2018 schien die verblendete Sydney selbst zu bemerken, dass ihre Tochter auch ihr gegenüber nicht ehrlich sein konnte. Sie schrieb mir erneut eine vollkommen absurde Nachricht, in der sie sich darüber beklagte, ich hätte angeblich die Haare unserer Tochter zerstört. Neue Munition, um mich zu diffamieren. Dabei kümmerte sich unsere zehnjährige Tochter auf eigenen Wunsch alleine um ihre Haare, was ich ihr knapp antwortete. Ohne jede weitere Reaktion wurde ich daraufhin blockiert.

Kaum waren die Feiertage vorbei, Anfang Januar 2019, brach die Mutter den Kontakt zwischen uns vollständig ab. Mit Drohungen und fadenscheinigen Ausreden blockierte sie jeden weiteren Umgang, nachdem sie jahrelang ungestört ihr Spiel hatte treiben können – unterstützt von allen Seiten, nach Beendigung des Verfahrens insbesondere auch von meiner eigenen Mutter.

Als ich zum darauffolgenden Umgangstermin erschien, um meine Tochter abzuholen, reagierte Sydney wieder einmal extrem aggressiv und bösartig. Wie bereits in den beiden Jahren zuvor demonstrierte sie dieses Verhalten auf besonders erschreckende Weise. Oft in Gegenwart unserer Tochter machte sie provokant Fotos von meinen Fahrzeugen und denen meiner Freunde – inklusive Kennzeichen und Insassen.

Wie schon in der Vergangenheit schien ihr nicht bewusst zu sein, dass sie damit vor allem unsere zutiefst beschämte Tochter verletzte. Mit übertrieben theatralischen Gesten tänzelte sie wie besessen um die Autos herum, machte Videos und Tonaufnahmen – selbst an der Haustür und in Anwesenheit ihres nicht minder seltsamen, stets grimmig dreinblickenden Lebensgefährten, der sich stets im Hintergrund hielt.

Dieses Verhalten setzte sich auch später fort, nachdem ich während der sogenannten »Teste-Zeit« meine Tochter teilweise wochenlang nicht sehen durfte und sie nicht mehr an der Haustür abholen konnte. Das von mir informierte Gericht und das Jugendamt blieben untätig.

Offenbar meldete sich Sydney in dieser Zeit vor allem dann bei mir, wenn sie etwas geplant hatte, da sie auch unbedingt gleich den Hund bei mir abladen wollte. Unsere Tochter berichtete dann immer von angeblichen Aktivitäten und sagte später auch ganz eindeutig, dass Sydney ihr aufgetragen habe, mir zu erzählen, sie habe am Wochenende schon wieder einen Schulausflug oder ein Treffen mit den Pfadfindern gehabt.

Damals bat ich meine Tochter – möglichst beiläufig – sie möge mich doch bitte anrufen, wenn ich sie wieder längere Zeit nicht sehen könne, damit ich wenigstens wüsste, wie es ihr gehe. Sie versprach es mir. Doch mir war klar, dass sie so sehr damit beschäftigt war, all das zu verarbeiten, dass sie – wie früher in der Therapie bereits diagnostiziert – nicht in der Lage war, sich an alles zu erinnern, oder schwierige Themen gleich ganz ausblendete. Ein mittlerweile fest manifestiertes Resilienzverhalten.

Immer wieder wurde ich von Sydney rechtswidrig fotografiert und gefilmt, obwohl ich dies ausdrücklich untersagt hatte. All diese niederträchtigen Provokationen waren gezielte Botschaften an unsere Tochter.

An jenem Abend Anfang Januar 2019, als ich meine Tochter abholen wollte, eskalierte die Situation dann erneut: Sydney drohte mir beim vereinbarten Übergabetermin mit der Polizei und meiner

Verhaftung, sollte ich nicht sofort abfahren oder es wagen, wiederzukommen.

Angesichts früherer Erfahrungen war mir klar, dass dies keine leere Drohung war. Die niederländische Polizei würde mit der Umgangsvereinbarung des Neusser Jugendamtes wohl kaum etwas anfangen können, zumal mir in Deutschland das Aufenthaltsbestimmungsrecht für meine Tochter entzogen worden war.

Die Heimfahrt geriet zum Albtraum. Mitten auf der vielbefahrenen Autobahn übermannte mich ein Nervenzusammenbruch. Mit letzter Kraft lenkte ich das Auto auf den Seitenstreifen, wo ich mich stundenlang mit zitternden Händen am Steuer festklammerte, während die Warnblinkanlage unaufhörlich blinkte.

Mein Körper rebellierte: Der Puls raste, der Blutdruck schoss in gefährliche Höhen, Schweißausbrüche, Zittern, Übelkeit und ein hämmernder Kopfschmerz ließen mich mehrfach kurz vor der Ohnmacht schwanken.

Erst nach gefühlten Ewigkeiten gelang es mir, im Schritttempo die Autobahn zu verlassen. Auf einem Parkplatz verbrachte ich weitere qualvolle Stunden – unfähig zu stehen oder zu gehen.

Die folgende Nacht war ein einziges Horrorszenario schlafloser Qual. Am nächsten Tag schleppte ich mich zum Bahnhof. Die Zugfahrt nach Hause, mit mehrfachem Umsteigen, wurde zur Tortur: Meine Beine versagten fast, das unkontrollierte Zittern ließ nicht nach.

Mehrmals war ich versucht, die Notbremse zu ziehen – die Enge des Waggons wurde unerträglich. Nur knapp entschied ich mich gegen einen Notruf.

Es war nicht mein erster Nervenzusammenbruch – der erste hatte mich schon nach dem zweiten Verhandlungstag getroffen. Doch diesmal traf es mich mit ungekannter Wucht, als mir die grausame Wahrheit bewusst wurde : Ich hatte meine Tochter verloren – und sie mich. Und ich ahnte, was das für Folgen haben würde.

Die vor Gericht getroffenen Vereinbarungen erwiesen sich als hohle Versprechungen gegenüber unserer Tochter. Im krassen Gegensatz zu mir lud Sydney mich nie zum Essen ein oder zu Schulveranstaltungen in den Niederlanden – trotz ihrer süßlich-heuchlerischen Zusagen vor Gericht. Noch schlimmer: Die unserer Tochter gemachten Versprechungen, sie könne mich jederzeit besuchen und anrufen, erwiesen sich – wie befürchtet – als leere Worte. Ihre Mobiltelefonnummer war längst nicht mehr aktiv, sie war für mich – wenn überhaupt – nur über ihre Mutter erreichbar.

Die hatte sich beim Jugendamt und vor Gericht noch darüber beklagt, ich würde ihr nicht genügend Kontakt zu unserer Tochter gewähren, wenn wir etwa im Schwimmbad oder anderweitig beschäftigt waren.

Sowohl die Mitarbeitenden des Jugendamts als auch der Richter hatten diese unrealistischen Zusagen Sydneys wider besseres Wissen an unsere Tochter weitergegeben und ihr Einverständnis dazu eingefordert. Schon vor dem vollständigen Kontaktabbruch hatte ich das Gericht vor diesen Entwicklungen gewarnt und später über die tatsächlichen Vorkommnisse informiert.

Doch meine begründeten Sorgen um das Wohl meiner Tochter stießen auf taube Ohren. Sydneys manipulative Geschicklichkeit schien Richter und Jugendamt zu blenden – Vereinbarungen, Gesetze und selbst das Kindeswohl zählten offenbar weniger als ihre geschickt vorgetragenen Lügen, getragen von Vorurteilen.

HOFFNUNG

Unser Rechtsstreit war für Sydney noch lange nicht beigelegt – entgegen früherer Zusagen des Neusser Jugendamtes und Sydneys – sah ich mich plötzlich mit Unterhaltsforderungen konfrontiert. Grundsätzlich wäre ich dazu bereit gewesen, doch die Umstände waren alles andere als fair.

Bereits im September 2018 traf ein aggressiv formuliertes Schreiben der niederländischen Anwältin der Mutter ein, auffälligerweise ohne Absenderangabe und in niederländischer Sprache. Darin wurde mir vorgeworfen, seit 2009 keinen Unterhalt gezahlt zu haben – eine glatte Lüge, wie so vieles in diesem Fall. – war ich doch die meiste Zeit sogar alleinerziehend.

Sydney musste sich nicht länger mit deutschen Behörden beschäftigen, denn die Zuständigkeit lag nun nicht mehr in Deutschland, nicht mehr in Neuss, sondern in den Niederlanden , so konnte sie sich auf die Umsetzung ihrer nächsten Pläne in den Niederlanden konzentrieren. Tatsächlich bekam ich dies auch – plötzlich ganz schnell – auf meine verzweifelten Rückfragen mitgeteilt, vom Amtsgericht Neuss, vom Jugendamt Neuss, die sich sonst Monate Zeit ließen meine Einschreiben zu beantworten. Kurz und knapp, es liegt keine Zuständigkeit mehr vor, alles ist abgeschlossen, ein Widerruf unmöglich.

Doch damit nicht genug. Verlangt wurde, ich solle rückwirkend ab 2009 sämtliche Einkommensnachweise offenlegen – nicht einer Behörde, sondern der Rechtsanwältin Sydneys – eine groteske Forderung der Anwältin. Zudem hatte ich schließlich jahrelang den gesamten Unterhalt meiner Tochter allein getragen und zahlte sogar noch immer unrechtmäßige Sozialleistungen, die die Mutter erschlichen hatte, weiter für sie ab.

Leider ignorierte das Jobcenter, das vom Jugendamt als Inkassostelle eingesetzt worden war, alle von mir eingereichten Belege. Stattdessen bestanden sie weiterhin auf monatlichen Zahlungen, stützten sich auf die längst widerlegten Angaben des Jugendamtes und verweigerten mir jegliche Beratung, die ich mehrfach anforderte.

Der niederländischen Rechtsanwältin stellte ich eine Klarstellung zu, wies auf die falschen Angaben hin, verwies auf die Umgangsregelung und die schriftlich fixierte Vereinbarung mit Sydney, dass ich keinen Unterhalt zahle.

Die Lage spitzte sich weiter zu, als der erste niederländische Gerichtsbeschluss erging. Basierend auf diesen falschen Behauptungen und weiteren Fehlinformationen wurde ich zu völlig überhöhten Unterhaltszahlungen verurteilt – so hoch, dass ich gezwungen war, mein Auto zu verkaufen. Damit war nicht nur meine finanzielle Situation prekär, sondern auch der Umgang mit meiner Tochter praktisch unmöglich geworden.

Rückblick: Während des Neusser Verfahrens sollte ich nachweisen, dass die Anreise mit öffentlichen Verkehrsmitteln möglich sei. Ich reichte detaillierte Recherchen ein, die stundenlange Fahrten mit mehrfachem Umsteigen auf beiden Seiten der Grenze belegten – an Wochenenden oft mit kaum vorhandenen Verbindungen, für ein Schulkind völlig unzumutbar.

Doch statt diese Fakten anzuerkennen, wurde ich von oben herab behandelt, als wäre ich ein Idiot. »Das könne gar nicht sein«, hieß es – obwohl die Verbindungsausdrucke schwarz auf weiß vorlagen.

Das Ergebnis war, dass ich meine Tochter seit Dezember 2018 de facto nicht mehr sehen konnte. Die Mutter verweigerte weiterhin den Kontakt, änderte die Telefonnummer und meine Briefe erreichten meine Tochter offenbar nicht. Ich schickte ihr zahlreiche Karten und Briefe – zu ihren Geburtstagen, zu wichtigen Feiertagen und ohne besonderen Anlass. Darin erklärte ich, dass ich sie nicht erreichen konnte, bat sie inständig, mich anzurufen, und beteuerte, wie sehr sie mir fehlte und wie sehr ich sie liebte.

Doch wie sich noch bewahrheiten sollte, statt diese Botschaften weiterzuleiten, wurde ihr – und mit Sicherheit wird ihr noch immer - weiterhin eingeredet, ich hätte sie im Stich gelassen – eine zutiefst verwirrende Behauptung, die im krassen Widerspruch zu unserer früher engen und vertrauensvollen Beziehung stand.

Unsere bereits traumatisierte Tochter wollte keine weiteren Gerichtsverhandlungen mehr ertragen – eine völlig verständliche Reaktion. Ihre Mutter hatte ihr versprochen, die Umgangsregelung einzuhalten, und ich stimmte einer einvernehmlichen Lösung zu, obwohl ich wusste, dass Sydney wie üblich log.

Obwohl die niederländischen Behörden ausdrücklich eine einvernehmliche Regelung im Interesse des Kindes empfahlen, lehnte Sydney dies ab.

Stattdessen zwang sie unserer Tochter und mir ein neues Verfahren auf, nachdem ich den Prozess vor dem Oberlandesgericht Düsseldorf abgebrochen hatte.

Doch der Prozess zog sich in die Länge, zusätzlich verzögert durch die Corona-Pandemie. Erst 2021 kam es zur Verhandlung in 's-Hertogenbosch. Diesmal war das Gericht jedoch gut vorbereitet und hatte alle relevanten Fakten gründlich geprüft.

Im niederländischen Verfahren in 's-Hertogenbosch konnten endlich einige Fakten richtiggestellt werden. Das Gericht bestätigte erneut, dass ich meiner Tochter nichts angetan hatte, reduzierte den Unterhalt drastisch und erkannte mein unbeschränktes Sorgerecht in den Niederlanden an. Anders als in Deutschland lassen sich in den Niederlanden beide Themen – Unterhalt und Umgangsrecht – in einem einzigen Verfahren klären. So nutzte ich die Verhandlung, ausgelöst durch Sydneys haltlose Forderungen und falsche Anschuldigungen, um auch das Umgangsrecht neu zu regeln.

Mit Unterstützung meines niederländischen Anwalts gelang es mir, entscheidende Punkte zu klären. Während der Verhandlung wurden schwerwiegende Verfahrensfehler im Neusser Prozess festgestellt – allerdings konnte das Gericht diese nicht berücksichtigen, da es dafür natürlich nicht zuständig ist. Doch darum ging es mir auch nicht mehr: Die Schäden waren längst angerichtet und irreparabel.

Ein entscheidender Durchbruch war – erneut – die gerichtliche Feststellung, dass ich meiner Tochter weder Schaden zugefügt noch Gewalt angetan hatte – entgegen Sydneys boshaften, verlogenen Behauptungen. Meine Tochter, diesmal ohne ihre Eltern anwesend, bestätigte dies auch dem niederländischen Gericht in klaren Worten. Sie sprach offenbar von schönen Erinnerungen an unsere gemeinsame Zeit und ihrer Enttäuschung über den Kontaktabbruch. Sydney, sichtlich beschämt und wütend, rang mit ihrer Fassung, doch ihre Erregung war unübersehbar.

Nicht nur wurde der Unterhalt auf einen Bruch-
teil der ursprünglichen Summe reduziert – das Gericht bestätigte auch ausdrücklich mein uneingeschränktes Sorgerecht und mein uneingeschränktes
Umgangsrecht in den Niederlanden.

Meine inzwischen vierzehnjährige Tochter wurde erneut befragt. Als juristisch mündige Person erhielt sie alle notwendigen Informationen, bevor sie
nach ihrer Meinung gefragt wurde. Und diesmal erklärte sie sich bereit, mich wiederzusehen.

Das Gericht teilte mir ihre neue Handynummer
mit, und wir vereinbarten ein Treffen in ihrem
Wohnort Uden, einem Ort in Noord-Brabant, der
von Neuss aus ohne Auto allerdings schwer zu erreichen ist.

Ich trat die mehrstündige Reise an, doch nach
zwei Umstiegen blieb der Zug im letzten deutschen
Bahnhof vor der niederländischen Grenze stehen –
eine Diesellok, da die Strecke nicht elektrifiziert
ist. Plötzlich wurden alle Passagiere aufgefordert,
den Zug wegen technischer Probleme zu verlassen.

Sofort handelte ich: Ich schickte meiner Tochter Fotos des liegengebliebenen Zuges, der Störungsmeldung auf der Anzeigetafel, Screenshots der Bahn-App und eine detaillierte Erklärung. Ich versuchte sie anzurufen – vergeblich. Keine Antwort. Keine Reaktion.

Erst nach Stunden wurde die Strecke freigegeben – viel zu spät für unser Treffen. Meine Tochter meldete sich nicht mehr. Die Enttäuschung war überwältigend. Warum musste schon wieder alles schiefgehen?

Sydney jedoch nutzte die Situation sofort aus. Sie beschwerte sich umgehend beim Gericht, ich hätte meine Tochter »wieder einmal im Stich gelassen« – ausgerechnet sie, die selbst ständig ihre Tochter versetzt hatte, über Jahre hinweg. Ihre Vorwürfe waren scharf, ihre Forderungen aggressiv.

Doch die niederländischen Behörden reagierten anders als das Neusser Gericht. Sie prüften die Vorwürfe und versuchten weiter zu vermitteln.

Doch am Ende setzten sich – wie so oft – Sydneys Manipulationen durch. Meine Tochter ließ dem Gericht ausrichten, sie wolle keinen Kontakt mehr. Die Hoffnung auf eine Versöhnung war damit, zumindest vorerst, zerstört.

ABGRUND

Einige Monate später, im Sommer 2022 – ich war mittlerweile nach Düsseldorf-Pempelfort umgezogen – da erreichte mich unerwartet das Schreiben einer niederländischen Fachärztin, dem ein psychologischer Bericht beigefügt war. Die Schule meiner Tochter in Uden hatte sich eingeschaltet, nachdem sich besorgniserregende Anzeichen gehäuft hatten.

Grund waren ernsthafte Bedenken um ihr Wohlbefinden. Der Bericht stellte fest, dass meine Tochter noch immer unter der Trennung der Eltern litt und beschrieb sie als zurückgezogen, grüblerisch, unfähig in sozialen Situationen angemessen zu reagieren oder Konflikte zu lösen, sie wirke nach außen selbstbewusst, sei aber innerlich unsicher. Zudem wirkte sie blass, schlief häufig ein, fühlte sich von Mitschülern gestört und hatte – laut Mentorin der Schule – eine »besondere Stimmintonation« – Beobachtungen, die ich mangels Kontakt seit Jahren nicht teilen konnte, mich jedoch sofort alarmierten.

Ich las den Bericht immer und immer wieder, versuchte einzuordnen, was ich da las: Im Gespräch mit der Psychologin spielte Sydney diese Bedenken herunter. Sie erwähnte lediglich, bemerkt zu haben, dass sich unsere Tochter bei Besuchen zurückziehe, seit sie dreizehn war und nicht gut darin sei Gespräche zu beginnen oder aufrecht zu halten. Sydney hatte der Psychologin berichtet, dass unsere Tochter als Kleinkind und während der frühen Kindheit unsere Tochter ein sehr ruhiges Kind und »sauber« gewesen sei, das immer gut geschlafen habe. Die es tatsächlich war hat sie dabei völlig ausgeblendet – um nicht zu offenbaren, dass sie selbst sich damals gar nicht um unsere Tochter gekümmert hat.

Sydney kann sicherlich bis heute nicht deuten, was in unserer Tochter vorgeht, mangels Empathie zählen für sie ohnehin bloß Oberflächlichkeiten, Äußerlichkeiten und ein souveränes Auftreten – in einer Art die sie als angemessen repräsentativ erachtet – nach außen hin, egal wie unauthentisch es ist.

Während eines Gesprächs, beschuldigte Sydney unsere Tochter vor der Psychologin pauschal sie anzulügen. Daraufhin entgegnete unsere Tochter, sie lüge nur, weil sie nicht wolle, dass ihre Mutter wütend werde – ein Verhaltensmuster, auf das ich immer wieder hingewiesen hatte und das Sydney aber auch nach all den Jahren noch nicht zu begreifen schien – eine Dynamik die vor Jahren mir vom Amtsrichter und der Jugendamtsmitarbeiterin in Neuss vorgeworfen worden ist.

Der psychologische Bericht enthüllte schockierende Details, die nicht nur ebenso sämtliche gegen mich erhobenen Anschuldigungen – welche meine angebliche Erziehungsunfähigkeit dokumentieren sollten – als haltlos entlarvten, sondern auch zeigten, dass meine inzwischen fast fünfzehnjährige Tochter weiterhin unter den Misshandlungen ihrer Mutter litt. Die Dokumentation belegte, dass sie auch Jahre nach der Trennung noch regelmäßig durch das Haus gejagt wurde, sich in ihrem Zimmer einschließen musste und körperlicher Gewalt ausgesetzt war. Zusätzlich erlitt sie fortwährend psychischen Druck und emotionale Misshandlung, wie sie selbst der Psychologin gegenüber eingestanden hatte.

Die behandelnde Ärztin – eine promovierte Psychologin aus Uden – zeigte sich deutlich alarmiert durch diese Befunde. In ihrer großen Sorge telefonierte sie mehrfach lange mit mir und hoffte, ich könnte als sorgeberechtigter Vater im Rahmen einer positiven Intervention behutsam aber bestimmt eingreifen, da meine Vaterrechte in den Niederlanden im Gegensatz zu Deutschland nicht durch richterliche Fehlentscheidungen beschnitten worden waren und meine Tochter den Wunsch äußerte, wieder Kontakt zu mir zu haben.

Der Bericht stellte klar, dass alle früheren Vorwürfe gegen mich erfunden waren, während die aktuelle Gefährdung des Kindeswohls zur Zeit des Berichts dokumentiert wurde.

Die niederländische Psychologin meiner Tochter hatte aus Anlass der besorgniserregenden Gründen Kontakt mit Jugendamt und Gericht aufgenommen. In ihrem Bericht schilderte sie unter anderem die ausgeprägten Zukunftsängste des Mädchens. Die dokumentierten Details zeichneten ein alarmierendes Bild: Meine Tochter suchte regelmäßig Zuflucht im Badezimmer, um den Schlägen Sydneys – unter anderem mit dem Gürtel – zu entkommen, wenn auch nicht immer erfolgreich.

Und dass, obwohl die »Oma« und »Tante« anwesend waren, die bei ihnen im Haus wohnen und die ich auch nie kennengelernt habe. Diese Fakten, sachlich im Bericht festgehalten, sprachen eine deutliche Sprache über die Zustände im Haushalt der Mutter.

Die Ärztin sah sich offenbar veranlasst, diese Beobachtungen nicht nur zu dokumentieren, sondern auch die zuständigen Behörden einzuschalten – ein Schritt, der die Ernsthaftigkeit der Situation unterstrich. Jede dieser Feststellungen ging direkt auf die Aussagen meiner Tochter oder die Beobachtungen der Psychologin zurück, ohne Spekulationen oder interpretative Zusätze.

Früher hatte ich meine Tochter bewusst zur Selbstständigkeit erzogen. Während ihrer Zeit bei mir entwickelte sie sich zu einem selbstbewussten Mädchen, das sich komplett alleine um ihre wunderschönen Locken kümmerte – eine natürliche Pracht, die ihr überall bewundernde Blicke einbrachte. Ich half nur noch gelegentlich, etwa wenn Sand oder Erde nach dem Spielen in ihren Haaren klebte, oder wenn sie Zöpfe am Hinterkopf tragen wollte.

Als sie noch jünger war wurden die Kontraste deutlich, wenn sie von Besuchen bei ihrer Mutter zurückkam. Oft erschien sie in zu enger, kaputter Kleidung – offenbar um Sydney den Kauf neuer Kleidungsstücke zu ersparen. Ihre Haare kamen regelmäßig völlig verfilzt und ungepflegt zurück. Ironischerweise lobte Sydney mich dann überschwänglich für meine Fürsorge und die schönen Kleider und Frisuren unserer Tochter – wohl wissend, dass diese Zustände nur nach ihren Besuchen auftraten.

Interessanterweise trug Sydney selbst früher in Brasilien ihre Haare im Afrostil, begann sie in Europa jedoch chemisch zu glätten. Mit der Zeit entwickelte sie eine merkwürdige Abneigung gegen die natürlichen Locken unserer Tochter.

Mit dem Beginn der Vorbereitungen für das Gerichtsverfahren änderte sich Sydneys Umgang mit den Haaren unserer Tochter schlagartig. Sie begann, ihre wunderschönen natürlichen Locken rigoros zu glätten – ein Prozess, der nicht nur die Haarstruktur zerstörte, sondern tatsächlich zu Verbrennungen der Kopfhaut und manchmal im Gesicht und zunehmend brüchigem Haar führte.

Wenn sie anschließend zu mir kam, überließ ich ihr die Haarpflege komplett selbst – eine Entscheidung, die auf meinem Erziehungsansatz beruhte, ihre Selbstständigkeit zu fördern. Schließlich hatte sie bei mir längst gelernt, sich eigenständig um ihre Locken zu kümmern, bevor diese äußeren Einflüsse alles veränderten. Die sichtbaren Folgen von Sydneys Eingriffen standen in krassem Gegensatz zu dem stolzen, selbstbewussten Umgang mit ihren Haaren, den meine Tochter früher an den Tag gelegt hatte.

Meine Tochter war, wie bereits erwähnt, ein äußerst beliebtes Kind mit einem festen Freundeskreis. Regelmäßig wurde sie zu Geburtstagsfeiern und anderen Anlässen ihrer Klassenkameraden eingeladen. Oft bat sie mich, wenn ich sie vom offenen Ganztag abholte, noch etwas länger bleiben zu dürfen, um das Spiel mit ihren Freundinnen und

Freunden zu Ende bringen zu können. In dieser Zeit war sie durchweg fröhlich, aufgeschlossen und bei allen sehr beliebt – ein Zustand, der ihr natürliches Wesen widerspiegelte.

Diese positive Entwicklung nahm jedoch eine dramatische Wende, als das Gerichtsverfahren in Neuss begann. Über mehr als ein Jahr zogen sich die Auseinandersetzungen hin, während deren Sydneys Einflussnahme immer stärker wurde. Die Veränderungen waren unübersehbar: Aus dem selbstbewussten, kontaktfreudigen Mädchen wurde zunehmend ein unsicheres, zurückgezogenes Kind.

In ihrem Bericht dokumentierte die Psychologin die Aussagen meiner Tochter, sie habe ihre Zeit zur Hälfte bei Vater und Mutter verbracht und sie habe in Deutschland keine Freunde gehabt – eine Behauptung, die den tatsächlichen Gegebenheiten widerspricht. Als Begründung führte meine Tochter an, sie habe "hässliche Haare" gehabt, "weil ihr Vater ihre Haaren nicht pflegen konnte".

Diese Darstellung steht in krassem Gegensatz zu den Tatsachen: Nicht nur hatte sie bei mir gelernt, ihre Haare selbstständig zu pflegen, sie war mit ihren natürlichen Locken auch stets bewundert worden. Die Diskrepanz zwischen ihren aktuellen Aussagen und der erlebten Realität zeigt deutlich die Auswirkungen der jahrelangen Beeinflussung.

Die Mutter mit den zwei Gesichtern, so wie meine Tochter sie sogar vor Gericht beschrieben hatte.

Vor Beginn des Gerichtsverfahrens hatte Sydney wie erwähnt auch hier ein ganz anderes Verhalten an den Tag gelegt. Regelmäßig, wenn sie unsere Tochter abholte, bestätigte sie ihr, wie hübsch sie aussah – ein Kompliment, das sie oft mit Dankesworten an mich verband, weil ich unsere Tochter sehr gepflegt, mit schönen Frisuren und ansprechender Kleidung, versorgt hatte.

Später – während der Gerichtsverhandlung in Neuss – äußerten meine Mutter und ihr Ehemann mir gegenüber – durchaus ernst gemeint – die Bemerkung, ich hätte meine Tochter ja wirklich hübsch gekleidet und gestylt, „für einen Mann". Diese vorgeblich lobende Feststellung enthielt unüberhörbar die unterschwellige Botschaft, dass sie einem Mann solche Fürsorgekompetenz eigentlich nicht zugetraut hätten. Was nach meiner Auffassung als selbstverständliche Elternaufgabe gilt, wurde als außergewöhnliche Leistung meines Geschlechts hervorgehoben – ein Kompliment, das keines war, sondern vielmehr vormals tradierte Rollenbilder ihrer Generationen unterstreichen sollte.

Die beschriebene Situation stellt nur eines von vielen Beispielen dar, wie erfolgreich Sydney meine Tochter manipuliert und unserer Beziehung entfremdet hat – und sie damit letztlich systematisch ihrer ursprünglich glücklichen Kindheit beraubt hat.

Im psychologischen Bericht wird deutlich, wie selektiv die Erinnerungen meiner Tochter gesteuert werden: Während sie betont, ihre Oma habe keinen Kontakt mehr zu mir als Vater, blendet sie völlig aus, dass dies gleichermaßen für den Kontakt zu ihrer Omi, ihrer Tante (die beide noch heute regelmäßig nach ihr fragen und sie sehr vermissen), ihrem Opa und anderen wichtigen Bezugspersonen gilt.

Auf Nachfrage der Psychologin erklärte meine Tochter diese Situation mit der Existenz "zweier Lager" in der Familie – sie habe den Kontakt zu einem dieser Lager eingestellt. Diese vereinfachte Darstellung lässt die komplexen familiären Zusammenhänge außer Acht und zeigt, wie erfolgreich eine einseitige Sichtweise verinnerlicht wurde. Die künstliche Spaltung der Familie in vermeintliche "Lager" spiegelt die jahrelange Einflussnahme wider, wobei die tatsächlichen Beziehungsgeflechte abgespalten werden.

Mein Erziehungsansatz verfolgte stets klare Ziele: Neben den grundlegenden Bedürfnissen wie Liebe, Sicherheit und Geborgenheit wollte ich meiner Tochter den Freiraum geben, sich selbstbestimmt und unbeschwert zu entwickeln. Besonders wichtig war mir, sie vor toxischen Familienstrukturen zu bewahren – jenen schädlichen Dynamiken, die ich selbst in meiner Kindheit und Jugend durchlebt hatte. Die bittere Ironie besteht nun darin, dass sie genau in solchen Verhaltensmustern gefangen ist, vor denen ich sie schützen wollte.

Die zentrale Rolle ihrer Mutter und Großmutter bei der bewussten Spaltung der Familie scheint meiner Tochter noch nicht vollständig klar geworden zu sein. Diese beiden Personen trieben systematisch die Entzweiung voran und versuchten, Familienmitglieder gegeneinander auszuspielen. Die Auswirkungen zeigen sich deutlich in ihrer verzerrten Wahrnehmung: Selbst Erinnerungen an die Zeit vor ihrem Umzug zur Mutter erscheinen nun völlig verzerrt oder sind in wesentlichen Punkten völlig unterdrückt.

Während mir regelmäßig vorgeworfen wurde, ich würde meine Tochter manipulieren und unter Druck setzen, war stets offensichtlich, dass genau das Gegenteil der Fall war – und bis heute ist. Die Projektion dieser Vorwürfe auf mich entlarvt sich bei näherer Betrachtung als klassisches Beispiel für jene psychologischen Mechanismen, die ich bei meiner Tochter eigentlich verhindern wollte. Das Gesamtbild der psychologischen Berichts zeigt eindeutig, wo die tatsächliche Manipulation und emotionale Beeinflussung ihren Ursprung hat.

Meine Tochter hatte über Freunde in Deutschland meine Telefonnummer herausgefunden und diese der Psychologin gegeben, weil sie wieder Kontakt zu mir aufnehmen wollte – zunächst indirekt. Die Psychologin schrieb mir daraufhin eine Nachricht, und ich meldete mich sofort zurück – während meine Tochter noch in deren Praxis war.

Die Situation zeigte deutlich ihre Verunsicherung: Statt direkt mit mir zu sprechen, ließ sie ihre Botschaft über die Psychologin übermitteln. Sie sei "total sauer", weil ich sie angeblich im Stich gelassen hätte, und wollte wissen, weshalb ich den Kontakt abgebrochen habe. Sie sei der Meinung, ich müsse mich entschuldigen. Diese Vorwürfe zu lesen traf mich erneut sehr schwer, denn sie entsprachen nicht den Tatsachen und ich war davon ausgegangen, dass meiner Tochter dies bewusst sei.

Sie erzählte der Psychologin, dass ich mich angeblich nachdem sie einmal nach einem Urlaub krank war, fünf Monate nicht gemeldet habe und dann erst einen Brief geschickt habe, weshalb der Kontaktabbruch meine Schuld sei. Dabei hatte ihre Mutter zuvor mehrfach den Kontakt – zum Teil mehr als zwei Monate – abgebrochen, ich konnte sie nicht erreichen, ihr Mobiltelefon funktionierte nicht mehr, da das Ladegerät ersatzlos ›verschwunden‹ war und ihre Mutter mich blockierte, mehrfach unter Drohungen an der Türe abwies und ich nach zahlreichen verzweifelten Kontaktversuchen nach drei Monaten einen ersten Brief an meine Tochter geschrieben hatte. Viele weitere sollten folgen, blieben jedoch unbeantwortet."

Aber – so berichtete meine Tochter – sie habe auch schöne Erinnerung an die Zeit mit ihrem Vater, zählte welche auf, die ich zuvor beschrieben habe, unter anderem auch, dass sie gerne mit mir im Bett kuschelte, als sie jünger war. Aber ihre Oma väterlicherseits sei »auf ihrer Seite« und habe keinen Kontakt mit mir – soviel zur bereits vor Jahren im ersten Gerichtsverfahren von ihr erwähnten Lagerbildung – durch systematische Ausgrenzung und perfide Intrigen – von ihrer Mutter und Großmutter erschaffen und skrupellos durchgesetzt.

Ich erklärte der Psychologin präzise, aber in aller Kürze, was tatsächlich vorgefallen war. Sie gab diese Informationen offenbar direkt an meine Tochter weiter, die meine Antwort eindeutig nicht gut verkraftete. Verständlicherweise, denn sie war jahrelang massiv beeinflusst worden: Ihr wurde eingeredet, ich hätte sie verlassen, wichtige Termine versäumt und schlecht über ihre Mutter gesprochen. Nun verlangte sie von mir, ich solle mich dafür entschuldigen – für Dinge, die nie geschehen waren. Ich stimmte zu, sie zum Verzeihung zu bitten, wenn ich nur mit ihr sprechen konnte.

Die Tragik dieser Situation lag in der Diskrepanz zwischen ihren eingeprägten Überzeugungen und der Realität. Jedes Wort der Wahrheit traf auf ein jahrelang sorgfältig konstruiertes Lügengebäude. Die Psychologin, wohl noch ahnungslos über die volle Tragweite der Vorgeschichte, hatte mit ihrer unmittelbaren Konfrontation eine emotionale Überlastung ausgelöst. Meine Tochter war nicht einfach nur wütend – sie war zutiefst verunsichert in ihrem Weltbild, das ihre Mutter ihr über Jahre hinweg systematisch aufgebaut hatte.

Die von der Schule beauftragte Psychologin verlor kurz darauf den Kontakt zu meiner Tochter. Sydney hatte herausgefunden, dass meine Tochter mit Hilfe der Psychologin – nach etwa fünf Jahren ohne Kontakt – versucht hatte, mich zu erreichen. Die Psychologin war bei ihren Recherchen auf die Tatsache gestoßen, dass ich in den Niederlanden nach wie vor über das volle Sorgerecht verfüge, etwas das anscheinend auch meiner Tochter nicht bewusst war. Nach meiner Rücksprache mit der Psychologin hatte diese meiner Tochter schließlich die drängenden Fragen zu den angeblichen Kontaktabbrüchen von meiner Seite beantwortet.

Daraufhin stellte meine Tochter ihre Mutter zur offenbar Rede. Sydneys Reaktion: Sie sorgte dafür, dass meine Tochter den Kontakt zur Psychologin abbrach, erklärte, sie sei naiv gewesen, dies zuzulassen. Angeblich würde ich – der ich seit Jahren nicht den geringsten Kontakt hatte – den Konflikt zwischen uns Erwachsenen immer noch in den Vordergrund stellen, obwohl für mich ausschließlich meine Tochter von Bedeutung ist.

Dabei blendete Sydney geübt aus, dass gerade ihre eigenen Manipulationen, die jahrelangen Lügengeschichten und ihr Verhalten unsere Tochter massiv verunsichert und traumatisiert hatten. Natürlich hatte das Mädchen Fragen – verständliche, berechtigte Fragen, die direkt aus den Widersprüchen ihrer Lebensrealität entstanden. Doch statt darauf einzugehen, wiederholte Sydney nur ihre altbekannten Vorwürfe und Verschleierungstaktiken. Die Psychologin, die für einen neutralen, professionellen Blick auf die Situation gesorgt hatte, wurde damit erneut aus dem Spiel genommen.

Der psychologische Bericht enthielt weitere sehr bemerkenswerte und Aussage – die einiges was vorgefallen ist erklärt: Unsere Tochter wünsche sich, offener mit ihren Emotionen umgehen zu können, beschrieb sich selbst rückblickend als »People-Pleaserin« während ihrer Zeit in Deutschland – ein Begriff, den die Psychologin als Umschreibung nutzte. Diese Selbstcharakterisierung als ein Mädchen, das früher bereits nicht mit Menschen umgehen konnte, steht in krassem Widerspruch dazu, wie sie noch vor dem Neusser Gerichtsverfahren war und stellt einen vollständiger Widerspruch zu dem dar, wie ihr damaliges aufgeschlossenes und selbstbewusstes Selbstbild war.

Erst mit Beginn des Gerichtsverfahrens, unter dem zunehmenden Druck ihrer Mutter, entwickelte sie diese Verhaltensmuster. Sie lernte, Distanz zu Menschen aufzubauen, sich emotional abzukapseln und alles widerspruchslos hinzunehmen. Besonders auffällig war ihre Tendenz, stets den einfachsten Weg zu wählen – besonders wenn dieser von außen aufgezwungen wurde.

Die Diskrepanz zwischen dieser Selbstbeschreibung und ihrem tatsächlichen früheren Wesen könnte kaum größer sein. Wo sie einst ein kontaktfreudiges, selbstbewusstes Mädchen war, sah sie sich nun durch die Brille der jahrelangen Beeinflussung als sozial inkompetent – eine Fehleinschätzung, die direkt auf die psychischen Belastungen zurückzuführen ist und sie ganz offensichtlich weiter bestimmen sollte.

Der psychologische Bericht zeichnet das Bild einer guten Schülerin, die gerne unauffällig bleibt und ungern um Hilfe bittet, mit beunruhigenden sozialen Schwierigkeiten. Trotz ihrer schulischen Leistungen hat sie offenbar massive Probleme im Umgang mit Gleichaltrigen und findet nur schwer Anschluss. Sie steht sehr ungern im Mittelpunkt, beispielsweise, wenn sie Geburtstag hat.

Besonders auffällig ist auch, dass sie schnell wütend auf andere wird und ihre ausgeprägte Unfähigkeit, Konflikte zu lösen und anderen zu verzeihen, stattdessen bricht sie den Kontakt ab und weist die andere Person zurück, was laut Bericht ein zentrales Thema für sie darstellt. Etwas, wobei die Psychologin zudem auch auf ihr Verhältnis zu mir, ihrem Vater, rückschließt.

Noch alarmierender sind die Schilderungen ihres Umgangs mit Sydneys Gewalt: Wenn ihre Mutter sie schlägt oder ihre Sachen kaputt macht, um sie zu bestrafen, reagiert meine Tochter nicht mit Ärger auf die Mutter, sondern mit Selbstvorwürfen. Sydney hingegen informiert die Psychologin eines Tages telefonisch, dass unsere Tochter ein Kleidungsstück von ihr zerschnitten habe, angeblich tue sie das öfter, wenn sie ›kleine Aufgaben‹– wie ihr Zimmer aufzuräumen – von ihr bekomme.

Des weiteren berichtete unsere Tochter der Psychologin unter vier Augen, dass ihre Mutter zwar »oft chillig« sei aber auch »schnell wütend« wird –

was zu der Mutter mit den »zwei Gesichtern« passt – wie unsere Tochter ihre Mutter noch in Deutschland dem Gericht beschrieben hatte.

Ihre Mutter, so berichtete meine Tochter, schlägt sie und droht ihr, unter anderem droht sie damit, sie schicke sie zu ihrem Vater oder ins Internat und ergänzte daraufhin, »es würde ihr nichts ausmachen in ein Internat zu gehen«.

Der Bericht dokumentiert weitere Besorgnis erregende Verhaltensweisen: Sie meidet körperlichen Kontakt, zieht sich lieber in Fantasiewelten zurück und lehnt sogar Klassenfahrten ab, mit der Begründung, sie stehe den anderen nicht nahe genug.

Sie berichtete sie empfinde – so der psychologische Bericht – dass sie für ihre beiden ›besten Freundinnen‹ nur eine »Backup Freundin« sei, sie finde, dass es ihr »okay« gehe und wenn sie einen »großen Meltdown« hat, räumt sie die Küche auf.

Ihr Alltag ist geprägt von Isolation – sie verbringt die meiste Zeit allein in ihrem abgedunkelten Zimmer, bleibt bis spät nachts wach und hängt lange an Handy oder Laptop, da sie unter Schlafstörungen leidet. Angesichts der ständigen Kränkungen, Verletzungen und Enttäuschungen, sowie dem latenten bis hin zu offen gewalttätigen Druck ihrer Mutter, erscheint dies kaum verwunderlich.

Besonders schockierend sind die Beschreibungen der Psychologin zu einem zerstörten Selbstwertgefühl, selbstverletzendem Verhalten unserer Tochter, wie sich zu ›ritzen‹ und ihre furchtbaren Gedankengänge, die im Bericht festgehalten wurden: Sie stellt sich vor, mit dem Fahrrad gegen ein Auto zu fahren oder sich einen Daumen »ganz« abzuschneiden. Diese drastischen Vorstellungen unterstreichen das Ausmaß ihrer psychischen Belastung und inneren Zerrissenheit.

Wie dem Bericht zu entnehmen ist, reagierte Sydney gegen über der Psychologin wie vorhersehbar nach ihrem gewohnten Muster: Sie inszenierte sich als Opfer, behauptete, unsere Tochter vor ihrem vermeintlich hasserfüllten Vater schützen zu müssen, und warf mir vor, ich würde schlecht über sie reden und das Kind manipulieren – wie gesagt – seit Jahren ohne jede Kontaktmöglichkeit meinerseits.

Den Argumenten der Psychologin gegenüber, die sich für einen Kontakt zu mir – der für unsere Tochter sehr wichtig sei – zeigte sie sich nicht nur verschlossen, sondern erklärte Jugendamt und Gericht einschalten zu wollen und brach den Kontakt unserer Tochter zu der Fachärztin vollständig ab.

Die Psychologin stellte im Bericht fest, dass unsere Tochter wenn es schwierig wird – durch einen Konflikt oder andere Meinungen – die Kommunikation abbricht und die andere Person zurückweist. Das sehe die Psychologin – so schrieb sie – bei Freundinnen, ihrem Vater und jetzt auch bei sich selbst. Also zog sie diesbezüglich Rückschluss zu dem Verhalten und der Haltung meiner Tochter mir und anderen gegenüber.

In dem an das niederländische Jugendamt und niederländische Gericht übermittelten Dokument betonte sie die Unangemessenheit, die psychologische Betreuung abzubrechen – besonders angesichts des bereits abgebrochenen Vaterkontakts, der problematischen Mutterbeziehung und der spezifischen Persönlichkeitsmerkmale meiner Tochter. Dazu zählte sie »ihre Schwierigkeiten im Knüpfen und Halten von Kontakten, ihre Konfliktbewältigungsstrategien, ihr assoziatives Denken mit Tendenz zum Verlieren in Details sowie ihre Probleme im Umgang mit Emotionen und der Artikulation von Gefühlen«.

Zusätzliche Aufmerksamkeit erhielt im Bericht ein Testergebnis, das eine mögliche Einordnung meiner Tochter ins Autismus-Spektrum nahelegte. Diese Einschätzung erscheint mir plausibel, da bei mir selbst ebenfalls mehrfach entsprechende Diagnosen gestellt wurden. Die Erkenntnis bereitet mir zusätzliche Sorgen, denn ich weiß aus eigener Erfahrung, wie beeinträchtigend sich fehlende Unterstützung in der Jugend – besonders unter solch toxischen Lebensbedingungen und ohne jedes Verständnis oder Problembewusstsein seitens der Mutter – auswirken kann.

Sie stellte abschließend die Vermutung auf, dass unsere Tochter »in diesen Momenten eine Mauer aus Angst vor Ablehnung aufbaut, jedoch wenn dem nachgegeben wird, verstärkt das ihr Gefühl, dass alle gegen sie sind«. Und sie erklärte, dass sie sich »Sorgen um unsere Tochter macht, wegen des abgebrochenen Kontakts zum Vater, der Beziehung zur Mutter und ihren persönlichen Merkmalen«.

Die Psychologin schloss ihren Bericht mit der dringenden Empfehlung, die psychologische Betreuung fortzusetzen, und richtete dies ausdrücklich an das Gericht. Doch diese Mahnung verhallte wirkungslos, da meine Tochter in ihrem Alter mit fast sechzehn Jahren aus eigenem Antrieb hätte kooperieren müssen – eine Bereitschaft, die sie unter den gegebenen Umständen verständlicherweise nicht aufbrachte.

EPILOG

Wochenlang kämpfte ich vergeblich damit über niederländische, deutsche, EU-Behörden etwas anstoßen zu können, um etwas für meine Tochter zu erreichen – wie so oft ohne Erfolg. Der erneute Nervenzusammenbruch traf mich mit voller Wucht. Als ich mich einigermaßen erholt hatte, versuchte ich, mich auf die Arbeit zu konzentrieren, doch meine Gedanken blieben gefangen in einem Kreislauf aus Sorge und Verzweiflung. Immer wieder kehrten sie zu meiner Tochter zurück, zu alledem, was geschehen war.

Monate später unternahm ich einen neuen Versuch, sie zu erreichen. Ich erklärte noch einmal, dass ich den Kontakt nie abgebrochen hatte und dass sie mir fehlte. Lange blieb es still – bis plötzlich eine explosive Antwort kam. In einer langen, wütenden Nachricht warf sie mir vor, »ich« hätte »ihr Leben zerstört«. Der Schlag traf mich tief, und es dauerte, bis ich mich wieder aufrappeln konnte.

Anfang 2023 flog ich für einen Monat nach Brasilien, machte eine weite Rundreise, ging Wandern und Klettern, versuchte Abstand und einen klaren Kopf zu gewinnen. Zurück in Deutschland trat ich eine neue Stelle bei der Landesregierung an, alleine zuständig für den Sozialdienst der Privatstation eines psychiatrischen Krankenhauses in Düsseldorf, doch ich konnte keine Ruhe finden. Nach einigen Monaten fasste ich den Entschluss: Ich würde nach Brasilien zurückkehren. Zunächst versuchte ich, mich zu erholen, doch stattdessen stürzte ich immer weiter ab. Tage vergingen, an denen ich nichts aß. Innerhalb von drei Monaten verlor ich fünfzehn Kilo, nachdem ich mir in den vergangenen Jahren aus Trauer einiges angegessen hatte.

Irgendwann gelang es mir, mich aufzuraffen. Ich stürzte mich in die Arbeit, leistete eine Überstunde nach der anderen. Die nächsten Jahre verbrachte ich im Bereich maritimer Operationen, tauchte voll ein in den Job. Freizeit existierte kaum, und als im folgenden Jahr Geschäftsreisen anstanden, nahm ich sie ohne Zögern an.

Dann, im November 2024, während einer Dienstreise in Texas, versuchte ich es noch einmal. Ich kontaktierte meine Tochter, versuchte erneut zu erklären, dass nicht ich sie im Stich gelassen habe, nicht ich den Kontakt abgebrochen habe und diesmal antwortete sie. Doch statt eines offenen Gesprächs hagelte es sofort scharfe Vorwürfe, sie warf mir weiterhin Dinge vor, die nichts mit der Realität zu tun hatten. Ich machte klar, dass ich keine Lügen akzeptieren würde, mich nicht für falsche Anschuldigungen entschuldigen würde und dabei bleibe, was ich gesagt habe. Ihre Antwort war eisig: Sie nannte mich irre, psychisch krank.

Ich versuchte, Grenzen zu setzen. Ja, ich wäre immer für sie da – aber nicht unter diesen Bedingungen. Nicht als Bittsteller, der alle paar Wochen um ein kurzes Gespräch flehen durfte. Ich musste mich nicht rechtfertigen und nichts beschönigen. Doch sie blockte ab, beschwerte sich, ich würde sie nerven, und brach den Kontakt erneut ab.

Die Folgen ließen nicht lange auf sich warten. Ich wurde krank, doch die Geschäftsreise ging weiter. Während des Feiertags an Thanksgiving versuchte ich mich ein wenig erholen und versuchte mich abzulenken. Erst später, als der Auftrag erfolgreich erledigt war, konnte ich im Dezember zurück nach Brasilien fliegen.

Zum Ende des ersten Trimesters 2025, nur wenige Monate vor dem achtzehnten Geburtstag meiner Tochter und kurz vor der Veröffentlichung dieser Autobiografie, unternahm ich einen weiteren Versuch, den Kontakt zu ihr herzustellen. Doch sie reagierte nur ablehnend und blockierte mich weiter – meine Bemühungen blieben bislang ohne Erfolg.

Die Stille auf ihrer Seite spricht Bände über die nachhaltigen Folgen der vergangenen Jahre. Weiterhin bleibt die Verbindung unterbrochen – ein Zustand, der nicht meinem Wunsch entspricht, sondern dem Ergebnis jahrelanger systematischer Entfremdung. Die letzten Monate vor ihrer Volljährigkeit vergehen damit in derselben kalten und trostlosen Kontaktlosigkeit, die die vergangenen Jahre geprägt hat.

Kein Elternteil sollte je erleben müssen, was mir widerfahren ist – besonders nicht Alleinerziehende in ähnlicher Situation. Dass der andere Elternteil, Familienangehörige (einschließlich der eigenen Eltern) und vermeintliche Fachkräfte – vom Jugendamt bis hin zu Amtsrichtern – die besondere Vulnerabilität der Eltern-Kind-Beziehung derart skrupellos ausnutzen können, ist erschütternd. Ein System der Kinder- und Jugendhilfe, das durch Vorurteile und strukturelle Defizite gekennzeichnet ist, lässt Betroffene schutzlos zurück, sobald sie an die falschen Personen geraten. Die Folgen sind verheerend: Nicht nur das eigene Leben wird zerstört, sondern vor allem das Wohlergehen des eigenen Kindes – und das alles aus niederträchtigen, boshaften Motiven.

Sydney, wie ich die Mutter meiner Tochter in dieser Autobiografie nenne, behauptet pathetisch, ich sei von Hass ihr gegenüber getrieben. Diese Darstellung entspricht nicht der Wahrheit. Zugegeben, ich empfinde Wut, tiefe Enttäuschung und Entsetzen über ihr Handeln, zutiefst unglücklich und unendlich traurig darüber, was sie alles unserer Tochter angetan hat. Doch mir ist bewusst, dass sie schlicht unfähig ist, die Bedürfnisse unserer Tochter zu erkennen oder gar zu verstehen – geschweige denn angemessen darauf einzugehen.

Meine eigentliche Abneigung gilt anderen Akteuren in diesem Drama: jenem Amtsrichter, der versagt hat, der zuständigen Jugendamtsmitarbeiterin, der Sozialpädagogin vom Verfahrensbeistand – und nicht zuletzt meinen eigenen Eltern. Vor allem meine missgünstige Mutter verkörpert für mich das

Prinzip der Niedertracht in Reinform. Es sind diese Personen und Institutionen, deren unaufrichtiges, inkompetentes und von Vorurteilen getriebenes Handeln ich mit tiefer Verachtung gegenüberstehe, da sie durch ihr Versagen das Leid meiner Tochter erst ermöglicht haben.

Natürlich hege ich die Hoffnung, dass sich in nicht allzu ferner Zukunft die Möglichkeit ergibt, wieder Kontakt zu meiner Tochter aufzunehmen. Ich möchte mit ihr offen und ehrlich über alles sprechen können, was sie beschäftigt, ihr vielleicht helfen, sich emotional zu stabilisieren und aus den destruktiven Mustern auszubrechen, in denen sie seit Jahren gefangen ist.

Hätte ich die Gewissheit gehabt, dass unsere Tochter bei ihrer Mutter leben möchte, es dort gut haben werde und dass ich weiterhin Kontakt an Wochenenden und im Urlaub zu ihr behalten würde, niemals hätte ich dem widersprochen. Ganz im Gegenteil, ich hätte ein einfacheres und zufriedeneres Leben, gemeinsam mit meiner Tochter führen können. Aber wie die Zeit gezeigt hat, waren meine Zweifel leider in allen Punkten durchaus begründet.

Mein allergrößter Wunsch für meine Tochter ist jedoch, dass sie zunächst die belastenden Gedanken überwinden kann. Ich hoffe inständig, dass sie ihr Inneres – Verstand und Gefühlswelt – wieder mit positiven Dingen füllen kann: Mit bedingungsloser Liebe, echten Freundschaften, aufrichtiger Zuneigung und den schönen Erlebnissen, die sie früher so sehr genossen hat und neuen Entdeckungen. Ihr Lachen, ihr strahlendes Lächeln – es fehlt mir schmerzlich. Vor allem aber wünsche ich ihr ein Leben in Glück und Zufriedenheit, in dem sie als selbstständige junge Frau ihren eigenen Weg gehen kann, umgeben von Menschen, die sie so akzeptieren und lieben, wie sie ist, ohne sie verändern zu wollen.

Es schmerzt mich zutiefst, wie sehr sie verletzt wurde, ohne dass ich es verhindern konnte, wie viel gemeinsame Zeit wir verloren haben – Jahre, die wir nicht nachholen können, eine nicht wieder gutzumachende Ungerechtigkeit. Diese Tatsache bedaure ich unendlich, auch da ich machtlos war, diese Entwicklung zu verhindern. Eines bleibt jedoch unverändert: Ich bin und werde immer ihr Vater sein, der sie bedingungslos liebt – mehr als alles andere auf dieser Welt. Diese Verbindung kann weder ein Gerichtsbeschluss, noch Entfremdung, noch vergangene Zeit jemals auflösen.